LE PASSAGE DE LA LIGNE

Georges Simenon, écrivain belge de langue française, est né à Liège en 1903. À seize ans, il devient journaliste à *La Gazette de Liège*. Son premier roman, signé sous le pseudonyme de Georges Sim, paraît en 1921 : *Au pont des Arches, petite histoire liégeoise*. En 1922, il s'installe à Paris et écrit des contes et des romans-feuilletons dans tous les genres. Près de deux cents romans parus entre 1923 et 1933, un bon millier de contes, et de très nombreux articles... En 1929, Simenon rédige son premier Maigret : *Pietr le Letton*. Lancé par les éditions Fayard en 1931, le commissaire Maigret devient vite un personnage très populaire. Simenon écrira en tout soixante-douze aventures de Maigret (ainsi que plusieurs recueils de nouvelles). Peu de temps après, Simenon commence à écrire ce qu'il appellera ses « romans-romans » ou ses « romans durs » : plus de cent dix titres, du *Relais d'Alsace* (1931) aux *Innocents* (1972). Parallèlement à cette activité littéraire foisonnante, il voyage beaucoup. À partir de 1972, il décide de cesser d'écrire. Il se consacre alors à ses vingt-deux *Dictées*, puis rédige ses gigantesques *Mémoires intimes* (1981). Simenon s'est éteint à Lausanne en 1989. Beaucoup de ses romans ont été adaptés au cinéma et à la télévision.

SIMENON

Le Passage de la ligne

LES PRESSES DE LA CITÉ

PREMIÈRE PARTIE

1

J'ai franchi trois fois la ligne, la première fois en fraude, avec l'aide d'un passeur, en quelque sorte, une fois au moins légitimement, et je suis sans doute un des rares à être retourné de plein gré à son point de départ.

Des gens qui ont gravi l'Himalaya, atteint un des pôles ou traversé les océans à bord de légères embarcations ont publié de gros livres relatant leur exploit. Tous ont menti, par omission au moins. Par exemple, s'ils ont décrit les difficultés surmontées, ont-ils donné les vraies raisons, les raisons profondes pour lesquelles ils étaient partis ?

Dans toute entreprise humaine, il y a l'avant, le pendant et l'après.

Certains ont raconté minutieusement leurs préparatifs. Mais avant ces préparatifs ? La vraie racine ? La racine de la racine ?

Et après, qu'il s'agisse de l'Himalaya, du Pôle, de l'Atlantique ou du Pacifique, d'une plongée, dans un appareil quelconque, à deux mille mètres sous les mers ou d'une ascension dans la stratosphère ?

Pour ce qui est de la nature, soi-disant violée, cela n'a même pas produit l'infime remous que laisse, dans l'air, pendant un instant, le passage d'un oiseau.

Quant aux hommes qui ont réussi ces exploits, on les a décorés, fêtés, promenés de ville en ville. Ils ont donné des conférences et j'en sais qui ont vécu le reste de leur vie d'un même récit sans cesse répété.

Comprend-on ce que je veux dire quand je parle de mensonge ou, si l'on préfère, de tricherie ? Le vrai « avant », le vrai « après » sont escamotés, probablement parce que l'histoire cesserait d'être édifiante.

Puisque mon exploration, à moi, ma triple exploration, n'a jamais eu un motif d'édification, je voudrais tout dire, l'« avant », le « pendant », l'« après ». Je dirai même, peut-être par crainte d'être incomplet ou pas tout à fait sincère, des choses qui n'ont pas d'importance, ou qui n'en ont que pour moi. Je veillerai aussi à ne pas tricher sur les motifs, ce qui est le plus difficile.

Quant au pourquoi – pourquoi je me mets soudain à écrire – c'est une question à laquelle je ne suis pas sûr de pouvoir répondre. Certains prétendront que j'exerce une sorte de vengeance. Vengeance contre quoi ? Contre le sort ? J'affirme, en commençant, que le sort ne m'a pas accablé, que je n'ai jamais eu l'impression de le subir mais, au contraire, de l'affronter d'égal à égal.

Je n'ai donc à me venger de rien, pas même de mes origines, dont j'aurais plutôt tendance à remercier le destin.

Tout ce que j'ai fait, j'ai choisi de le faire, y compris ce dont je n'ai pas lieu d'être fier.

Je suis sans amertume, sans passion. Vais-je prétendre que j'écris pour les millions d'hommes qui voudraient franchir la ligne à leur tour, qui hésitent, ou qui se sont fait refouler ?

J'ai pensé à eux, à un moment donné, et il est possible que je me sois attendri à cette idée. Mon récit serait devenu une espèce de message fraternel. Vous voyez que je suis franc. C'était tentant. Cela éveillait en moi cette tendresse confuse qui amollit les hommes lorsqu'ils chantent en chœur après boire.

Mais je n'ai pas bu. Je ne boirai, ni ne m'attendrirai. La raison qui me pousse à écrire, d'autres la découvriront peut-être. Je ne veux plus la chercher. Pour moi, c'est comme de jeter une bouteille à la mer. On la regarde s'éloigner et, quand elle a disparu, on retourne à son désert.

Aux yeux de beaucoup de gens, ce qui compte, c'est le point de départ, le point de départ par rapport à la ligne de démarcation, justement plus ou moins en deçà ou en delà, et j'admets que dans certains cas cela ait une influence. En ce qui me concerne – et Dieu sait si j'ai ruminé ces questions ! – je suis à peu près sûr que cette influence, si elle a existé, n'a pas été déterminante, et que j'en serais vraisemblablement au même point si j'étais né ailleurs que dans une maternité de Cherbourg.

Je ne me suis jamais senti humilié de mes origines et je n'ai pas tardé d'en être plutôt satisfait, car, s'il est presque toujours possible, parti d'en bas, d'explorer les couches moyennes ou supérieures, d'y pénétrer par surprise ou par force, j'ai remarqué qu'il est beaucoup plus difficile à ceux qui sont nés en haut de se mêler au menu peuple, à plus forte raison de s'y assimiler.

Né à Cherbourg, c'est à Saint-Saturnin, obscur village près de Bayeux, que se sont ouverts mes yeux d'enfant.

Peut-être, ici, serait-il plus honnête de faire la part de mes souvenirs réels et de ce qui, m'ayant été raconté ensuite, s'est intégré à mes souvenirs, comme il faudrait signaler les connaissances et les réflexions qui ne sont venues que plus tard.

Je n'en suis pas capable et, mon récit à peine commencé, je sens déjà que j'y mettrai bon gré mal gré un certain désordre.

Par exemple, j'éprouve un besoin instinctif de parler de Saint-Saturnin, c'est-à-dire de mes grands-parents, avant de parler de Cherbourg et de ma mère, ce qui se conçoit puisque j'ai quitté Cherbourg à l'âge de quelques mois et que mes premières images ont été celles de la bicoque du bout du village.

Du dehors, un homme pouvait toucher de la main, sans peine, la naissance du toit en pente. La porte était basse, en deux parties, comme la porte de certaines étables, le bas restant presque toujours fermé, le haut ouvert, afin de donner de l'air et de la lumière, car la fenêtre n'était guère plus grande qu'une lucarne.

Je viens de calculer que ma grand-mère, à cette époque, n'avait pas plus de quarante-quatre ans, mais, à mes yeux d'enfant, elle a toujours été une vieille femme. Je ne me souviens pas l'avoir vue autrement que vêtue de noir, maigre et sèche, le corps penché en avant, comme si un ressort ne fonctionnait plus.

Elle avait eu cinq filles et un garçon, et tout cela, sauf Louise, la plus jeune des filles, qui avait quatorze ou quinze ans à ma naissance, était déjà parti pour la ville.

J'ai gardé, de cette période, quelques images aussi précises que des gravures mais, n'étant jamais retourné là-bas pour les contrôler, je ne peux garantir l'authenticité des détails.

Par exemple, une de mes tantes, Louise, m'a affirmé plus tard qu'il existait un fourneau de cuisine. Or, s'il existait quand j'étais tout petit, ce dont je doute, on ne s'en servait pas, car je revois, hiver comme été, un feu d'âtre qui enfumait la pièce et au-dessus duquel on suspendait une casserole. Je revois aussi ma grand-mère penchée devant ce feu pour l'attiser avant de faire frire des harengs ou des tranches de lard et mes yeux suivaient, sur les murs blanchis à la chaux, le reflet dansant des flammes.

Le lit de mes grands-parents était dans le fond de la pièce, avec un gros édredon rouge, et il n'y avait qu'une autre chambre dans la maison, que je partageais avec ma tante Louise et où couchaient aussi ses sœurs ou son frère quand ils venaient en visite. Je ne compte pas assez de lits pour tout le monde. Sans doute n'arrivait-il plus que toute la famille se trouve réunie ?

Un autre souvenir, le plus précis de tous : le tonneau, à droite de la porte, dans lequel l'eau du toit coulait par un tuyau de zinc. Non seulement j'en garde l'image, avec le bois toujours humide, des araignées d'eau et des têtards à la surface, mais j'entends le bruit monotone de l'eau, les jours et les nuits de pluie.

On puisait au tonneau pour se laver, pour faire la vaisselle ou le linge, et il y avait, accrochée à un clou rouillé, une pinte en émail bleu qu'on trempait dans le liquide quand on avait soif.

Quant à la pompe, près de la cabane aux poules et aux lapins, il a dû lui arriver de fonctionner, puisque j'ai son grincement dans la mémoire, mais je suis persuadé qu'elle était le plus souvent désamorcée.

Mon grand-père s'appelait Nau, Barnabé Nau, et il était d'un autre village, d'assez loin pour qu'il ne soit jamais question de sa famille, tandis qu'à Saint-Saturnin et dans les bourgs environnants il restait et il doit encore rester des Prêteux, qui est le nom de ma grand-mère. Celle-ci n'était pas peu fière qu'il figure aussi, noir sur blanc, au-dessus d'une épicerie de Bayeux, encore qu'elle n'ait jamais été sûre que ces Prêteux-là soient de la même famille.

Normalement, à quatorze ans, ma tante Louise aurait dû partir pour la ville, comme bonne d'enfant ou comme apprentie, et il y a eu des discussions à ce sujet ; je crois que, si elle restait à la maison, c'était pour s'occuper de moi, parce que ma mère envoyait une certaine somme chaque mois pour ma pension.

J'essayerai de mettre tout cela au point. Pour le moment, je n'avance qu'en tâtonnant et j'essaie de fixer mes plus anciens souvenirs. J'ai parlé de l'âtre, de la fumée, de la porte dont le haut restait presque toujours ouvert, et surtout du tonneau avec son tuyau de zinc et la pinte d'émail bleu.

Il faut aussi que je parle de la lampe à pétrole que, le plus souvent, on n'allumait qu'en entendant le pas de mon grand-père sur la route.

— Allume la lampe, Louise.

Il y avait, sur la cheminée, une grosse boîte d'allumettes au phosphore dont l'odeur persistait longtemps, mélangée à celle du pétrole. Mon grand-père ne disait pas bonjour, se laissait tomber sur sa chaise et une des femmes, la mère ou la fille, allait s'agenouiller devant lui pour retirer ses gros souliers boueux.

Même du point de vue de Saint-Saturnin, nous étions au plus bas de l'échelle, avec peut-être Chassigneux, le facteur manchot, qui ne finissait pas toujours sa tournée sur ses deux pieds et qu'on ramassait assez souvent dans le fossé.

Barnabé Nau, mon grand-père, que tout le monde appelait Barnabé, était journalier et travaillait dans les fermes, tantôt dans une, tantôt dans l'autre, surtout comme charretier, et quand, l'hiver, il ne trouvait pas d'embauche au pays, il allait en chercher à Bayeux.

Pour les autres, pour presque tous, il y avait des gens plus haut et des gens plus bas qu'eux, à commencer par les artisans, ceux qui possédaient pignon sur rue, leur nom sur une enseigne, le maréchal-ferrant, le ferblantier, le menuisier, le maçon.

La boulangerie et la boucherie appartenaient déjà à l'échelon au-dessus, mais on ne commençait à parler avec un réel respect que des fermiers et des marchands de bestiaux qu'on voyait, dans le petit jour, partir en carriole pour la foire.

Plus haut encore, dans un univers estompé, existaient ceux de Bayeux, les commerçants chez qui on se rendait une fois la semaine ou une fois par mois, et parmi eux le plus prestigieux était le quincaillier de la rue Saint-Jean, qu'on appelait « le riche Monsieur Peuvion ». Sa femme louchait. Sa fille aussi.

Encore un étage et on entrait dans un monde où on perdait pied tout à fait, les médecins, surtout les spécialistes, qui habitaient de grosses maisons et avaient des servantes en tablier blanc. Quant aux avocats, aux notaires, aux hommes de loi, c'est tout juste si on ne retenait pas son souffle en passant devant leur étude.

Cela, c'était l'univers immédiat, visible, presque palpable. Mais, de part et d'autre de Bayeux et de ses campagnes, aux deux bouts de la ligne de chemin de fer, il y avait deux pôles d'attraction où les jeunes partaient en service les uns après les autres, où ma tante Louise aurait déjà dû se trouver si sa sœur ne l'avait payée pour me garder : Caen, d'un côté ; Cherbourg, de l'autre.

On s'y rendait parce qu'il fallait bien aller quelque part et que Paris était trop loin, trop dangereux. On y devenait ce qu'on pouvait. Une de mes tantes, Béatrice, la plus grosse, la plus placide, servait dans une boulangerie, à Caen ; une autre, l'aînée, Clémence, était en maison bourgeoise à Cherbourg où ma mère, elle, travaillait dans un restaurant du port.

Pour les hommes, Caen et Cherbourg, la plupart du temps, signifiaient le chemin de fer ou la gendarmerie. Ils revenaient parfois, l'été, pour montrer leurs enfants, et on disait d'eux qu'ils avaient une bonne situation.

Tout cela ne faisait pas une, mais plusieurs lignes de démarcation et il y en avait une dernière, celle-ci si lointaine qu'on n'en parlait même pas. L'été, lorsque la saison battait son plein sur les plages, on apercevait des gens de Paris qui traversaient parfois le village en voiture. On les considérait si peu comme des semblables qu'on était porté à rire de leurs façons d'être, de s'habiller, de se comporter, de parler le français.

Non seulement mon grand-père, Barnabé Nau, était tout en bas de l'échelle, mais il était ivrogne, comme

Chassigneux, le facteur, et quelques autres, et il avait en outre l'originalité d'être le seul mécréant du pays, le seul à ne pas entrer à l'église même pour les enterrements.

Je l'ai quitté trop tôt pour avoir la moindre idée de ce qu'il pensait et je le regrette. Je me souviens surtout de son grand corps dur qui sentait la sueur, le fumier et l'alcool, de son visage osseux où des petits yeux humides se durcissaient soudain quand il allait donner un ordre.

Car, chez lui, il donnait des ordres, et c'est peut-être ce qui le sauvait. Il ne fallait pas que la lampe soit allumée avant qu'il arrive au tournant du chemin, car les femmes avaient assez de la lumière du foyer, mais il ne fallait pas non plus qu'il trouve l'obscurité lorsqu'il heurtait le seuil de ses souliers. Ceux-ci à peine enlevés, la soupe devait être sur la table et celle des femmes qui le servait, que ce soit ma grand-mère ou sa fille, restait debout pendant qu'il mangeait.

Ce n'était pas du vin qu'il buvait, ni du cidre, mais la goutte, car, à la maison, je n'ai jamais entendu parler de calvados. Il buvait sa première goutte dès le matin dans son café et en reversait un trait dans le bol vide et encore tiède. Ses moustaches rousses en étaient imprégnées et il ne fumait pas, mâchait toute la journée un brin d'herbe ou de paille.

Il ne parlait pas en mangeant, ni après, se déshabillait tout de suite pour se coucher, car il se levait à quatre heures du matin.

Ce n'est que le samedi soir qu'il était vraiment ivre. Tous les samedis. Ma mère dira que ce n'est pas vrai, que ce n'est arrivé qu'une fois ou deux. Je suis certain, quant à moi, que ma grand-mère, en l'absence de Louise et parce qu'elle n'osait pas y aller elle-même, m'a envoyé à maintes reprises chercher mon grand-père à l'auberge.

Est-ce que j'avais trois ans ? En avais-je cinq ou six ? Pas plus de six, certainement, puisque c'est à cet âge que j'ai quitté Saint-Saturnin.

C'est toujours arrivé alors qu'il faisait noir, car je ne me souviens pas de l'intérieur de l'auberge à la lumière du jour. La route, non pavée, était boueuse, avec les profonds sillons creusés par les roues des charrettes. Très loin, en face de l'église, on voyait une seule lumière un peu effacée, celle de l'épicerie de Mme Jaunet. L'auberge était à gauche ; il fallait monter cinq marches et j'avais un battement de cœur en tournant la clenche et en entrouvrant la porte.

Ici, un poêle se dressait, au milieu, un poêle rond avec un tuyau qui allait se perdre dans le mur et, au plafond, pendait une lampe à pétrole à abat-jour vert.

Je me demande si, à mes yeux, l'endroit n'était pas encore plus mystérieux que l'église. Car il arrivait à ma grand-mère, en cachette, de m'emmener au salut.

— Ne le dis pas à ton grand-père !

Je m'en souviens d'autant mieux qu'en sortant elle m'achetait un gâteau sec avec du sucre rose dessus à l'épicerie de Mme Jaunet. L'église était mal éclairée aussi, avec de vastes pans d'ombre, des silhouettes immobiles, des lèvres de vieilles qui remuaient en silence.

À l'auberge, ils n'étaient jamais que quatre ou cinq, des hommes de l'âge de mon grand-père ou plus vieux, assis sur des bancs, les coudes sur une table en bois verni où s'étiraient les reflets de la bouteille et des verres. Tout était lourd, écrasant, leurs bottes, leurs vêtements raidis par la boue, leurs épaules et leurs membres, lourds aussi les visages mal éclairés qui ne regardaient rien et qui tournaient lentement des yeux vides vers l'enfant.

Je commençais, cherchant à assurer ma voix :

— Grand-maman dit...

Derrière le comptoir se tenait, non un homme, mais une femme très grosse, à l'énorme poitrine, et pendant un temps j'ai pensé qu'elle tenait à l'auberge un emploi comparable à celui du curé dans son église.

Ce que les hommes faisaient là, muets devant leur verre, m'était aussi inexplicable que ce que les vieilles faisaient, immobiles, devant le confessionnal.

— Dis à ta grand-mère…

La plupart du temps, il achevait sa pensée – si pensée il y avait – par un geste. Ou il grommelait dans ses moustaches :

— File !

Je rentrais à la maison, moitié marchant, moitié courant.

— Qu'est-ce qu'il a dit ?

— Rien.

— Mange ta soupe.

On n'osait pas allumer. On se contentait de la lueur du foyer dans lequel on jetait des brindilles.

— Couche-le, Louise. Tu ferais mieux de te coucher aussi.

Louise, à cette époque, était maigre, avec des bas noirs qui exagéraient la longueur de ses jambes, une tresse brunâtre dans le dos, des petits cheveux sur les joues et sur les yeux.

Il m'est arrivé, la nuit, d'entendre du bruit et, une fois au moins, qu'il faisait clair de lune, de la voir rentrer par la fenêtre.

On m'a répété, depuis, que les enfants passent leur temps à poser des questions. Moi, je n'en posais pas, peut-être parce que, dans cette maison-là, personne ne se serait permis de le faire, peut-être, plus simplement, parce qu'il n'y aurait eu personne pour me répondre. N'était-ce pas déjà bien assez de vivre ?

Sur quatre sœurs et un frère de ma mère, il ne restait que Louise à la maison et il devait tarder à mon grand-père qu'elle s'en aille à son tour et que, comme les autres, elle envoie son mandat mensuel. Il avait conscience d'avoir accompli sa tâche en élevant six enfants et de mériter sa retraite.

Je n'étais pas malheureux. Je ne me suis jamais senti malheureux. On me mettait ici ou là, dans un coin de la pièce s'il pleuvait, près du tonneau d'eau et des lapins s'il faisait beau, et je suivais des yeux la vie des choses et des gens.

Je n'ai pas pu savoir au juste pourquoi on m'avait surnommé Bobo. Ma mère, qui ne venait me voir qu'une fois par mois, prétend que j'ai été un enfant douillet et qu'à la moindre chute, au moindre heurt, je me plaignais en disant : bobo.

Ma tante Louise n'est pas du même avis et elle est mieux placée pour savoir.

— D'abord, tu as un nom impossible, que ton grand-père refusait de prononcer…

Je m'appelle Steve Adams et, si étrange que cela paraisse, je suis sujet britannique.

— C'est moi, expliquait ma tante, qui, quand je croyais t'avoir fait mal, te demandais :

» — Bobo ?

Ce qui, paraît-il, exaspérait mon grand-père.

— Bobo ! Bobo ! Drôle de façon d'élever un garçon.

Le surnom m'est resté longtemps, aussi longtemps que j'ai vécu avec l'un ou l'autre des Nau.

Quant à Barnabé, mon grand-père, le moment est venu où il est resté seul avec sa femme dans la maison de Saint-Saturnin et où il n'a plus eu rien à faire que planter ses quelques choux, ses poireaux et soigner ses lapins.

Chaque été, une fille ou l'autre, ou encore son fils Lucien, mariés l'un après l'autre, venait lui montrer un nouveau petit-enfant. Si je ne me trompe, il en a eu quatorze en tout, les uns à Caen, les autres à Cherbourg, seule Louise s'étant établie en fin de compte à Port-en-Bessin.

Encore une fois, ce n'est pas moi qui pourrais dire ce qui se passait dans la tête de mon grand-père, ni même s'il s'y passait quelque chose, et pourtant j'aimerais le savoir. Il regardait, du même œil qu'il me regardait sur le seuil de l'auberge, ses filles qui avaient grossi, ses gendres endimanchés, les bébés vêtus de blanc.

Un dimanche d'hiver que ma grand-mère était allée au salut et qu'elle ne l'avait pas trouvé en rentrant, c'est en vain qu'elle avait poussé la porte de l'auberge. Ils n'étaient que quatre hommes immobiles dans la pénombre. Barnabé, qui aurait dû être le cinquième, manquait.

Avec des lanternes, on chercha le long des chemins, jusqu'à ce que ma grand-mère, en pénétrant dans la cabane à outils pour prendre la goutte qu'elle voulait offrir aux hommes, y trouve le grand corps dur de son mari qui pendait.

J'étais alors en troisième, au lycée de Niort, et j'ai eu deux jours de congé pour me rendre à l'enterrement, où j'ai rencontré des oncles et des tantes que je ne connaissais pas du tout et que je n'ai jamais revus.

2

Souvent, au cours de ma vie, j'ai essayé de gratter le vernis d'une famille, d'en connaître autre chose que l'histoire officielle, et chaque fois j'ai provoqué chez tous ses membres un raidissement, une réaction assez semblable à celle de l'organisme humain dont on irrite des nerfs vitaux. Il y a des exceptions. Parfois un révolté, qui s'est mis lui-même en marge ou que les autres ont excommunié, s'offre à déballer les secrets des siens, mais alors la passion qui l'anime, sa rage destructive rendent son témoignage suspect, et je soupçonne ces francs-tireurs d'être, à leur façon, plus attachés que les autres à la légende familiale.

Je ne connais qu'une tranche de la vie des Nau, limitée dans le passé et dans l'avenir. Plus tard, j'ai posé des questions à ma mère et à mes tantes, à Louise, en particulier, qui, pendant un temps, aurait assez bien tenu le rôle de la révoltée.

— D'où venait au juste mon grand-père ?

On me répondait, avec un geste vague du côté des terres :

— Il n'était pas d'ici. On ne sait pas au juste.

— Il n'avait pas de parents ?

— Sa mère était morte quand il s'est marié, mais son père est venu assister à la noce.

On aurait pu croire que Barnabé était sorti de quelque tribu sauvage, ou qu'il avait fait irruption à Saint-Saturnin sans aucun passé.

En réalité, il venait du Perche, quelque part du côté d'Évreux, où il y avait des grands bois et où son père était bûcheron.

J'ai cru longtemps que c'était par orgueil, ou par indifférence, que les familles se taisent de la sorte. J'incline maintenant à penser qu'il s'agit en réalité d'une défense collective.

Au-dessus de la commode faisant face à la cheminée étaient pendus deux agrandissements photographiques dans des cadres ovales en bois noir à filet doré. L'un représentait ma grand-mère en robe de mariée et, tout petit, je remarquais déjà que ma tante Louise lui ressemblait presque trait pour trait.

L'autre portrait était celui de Barnabé Nau en grande tenue de dragon. On avait dû faire l'agrandissement d'après une photo de groupe prise dans la cour de la caserne, car le visage était flou, les yeux vides ; le photographe s'en était peu soucié, s'appliquant à souligner à l'aide de crayons de couleur les détails du casque et des épaulettes.

J'ai dû, enfant, entendre des phrases chuchotées. Je le jurerais, encore que chacun ait nié par la suite. Pourquoi, autrement, aurais-je eu la certitude qu'un fossé existait entre mon grand-père et le reste de la famille ? On le traitait avec respect, parce qu'il était l'homme, le gagne-pain. Les femmes lui retiraient ses chaussures quand il rentrait de son travail et restaient debout près de la table à le servir.

Ma grand-mère n'en était pas moins une Prêteux, et peu importait si elle appartenait à la branche pauvre et si, gamine, elle gardait les vaches des autres dans les champs. Il y avait encore des Prêteux, non seulement dans le village, mais dans les bourgs des environs. On savait qui ils étaient. On voyait leur nom sur des façades de boutiques et sur des vieilles tombes du cimetière.

À la suite de quelles circonstances Barnabé, après son

service militaire, est-il venu se louer comme valet dans la région ? À quelle danse, à quelle noce ou à quel enterrement a-t-il rencontré ma grand-mère ? Personne n'a cherché à le savoir et il a fallu que leur livret de famille me tombe par hasard sous la main pour que je découvre que Clémence, l'aînée de mes tantes, est née cinq mois après le mariage de ses parents.

Au fond, Nau n'a jamais été admis par la commune ni par les siens et je suis sûr que sa mort a été un soulagement pour tout le monde.

Il n'y en a pas moins eu une époque où la maison devait donner une impression de vie familiale plus ou moins heureuse. Cinq filles et un garçon se suivaient de près et je n'ai jamais pu savoir où chacun couchait, les témoignages sont contradictoires, peut-être parce que cela changeait avec les années et que chacun a gardé le souvenir d'un moment déterminé.

Ma tante Clémence, l'aînée, est celle qui est restée le plus longtemps à la maison, car elle aidait sa mère à élever les plus jeunes. Elle avait dix-huit ans et demi quand elle a pu réaliser le rêve de toutes les filles du village : partir pour la ville. Elle a choisi Cherbourg. C'était une fille calme, patiente, placide même, qui avait le goût d'un certain ordre bourgeois, d'une certaine propreté, et je ne pense pas que le hasard seul l'ait fait entrer au service d'un médecin.

La seconde à partir a été Béatrice, dans la direction opposée, puisqu'elle a choisi Caen, où à l'âge de quinze ans, encore aussi maigre que Louise, elle livrait le pain d'une boulangerie.

Raymonde, elle, celle qui riait sans cesse et qui avait tous les gars du pays à ses trousses, a d'abord servi à Bayeux puis, pour autant que je sache, a suivi à Caen un commis épicier qui l'y a abandonnée.

De ma mère, Antoinette, la quatrième, on disait :

— Celle-là sait ce qu'elle veut.

C'était le canard de la couvée. Toute jeune, elle avait la réputation de n'être pas de la même race que le reste de la famille. Sur ce point aussi, j'ai cherché plus tard à me renseigner, n'obtenant que des bribes de vérité.

— Elle n'en a jamais fait qu'à sa tête.

— C'était une « raisonneuse ». Jamais on ne l'a vue admettre qu'elle avait tort.

Ou encore, contradictoirement :

— Elle était « renfermée ».

Dans tout cela, comme dans les autres légendes de famille, il y avait certainement du vrai. Quand ma mère, à quinze ans, a quitté Saint-Saturnin pour Cherbourg, elle devait ressembler à ma tante Louise telle que je l'ai connue, avec les mêmes bas de laine noire qu'on portait alors, les cheveux roussâtres en tresses sur le dos, un nez un peu trop pointu et un regard qui irritait les gens parce qu'on n'arrivait pas à le faire se détourner.

— Elle a toujours été têtue !

Là encore, je devine un drame difficile à démêler. Le docteur Huguet, chez qui travaillait Clémence, avait deux enfants en bas âge et avait demandé à ma tante si elle n'avait pas une jeune sœur pour s'en occuper. On avait envoyé ma mère. Quelques semaines plus tard, déjà, un dimanche que Clémence passait comme chaque mois à Saint-Saturnin, on entendait des chuchotements dans la maison, on remarquait des regards complices et navrés à chaque apparition du père.

Antoinette Nau, à peine âgée de quinze ans et demi, avait, sans prévenir, quitté son service chez le docteur Huguet et personne ne savait ce qu'elle était devenue.

Je me souviens vaguement d'une histoire de lettre, car le docteur, pour mettre sa responsabilité à couvert, avait écrit aux parents. Nau avait découvert ce papier qu'on cherchait à lui cacher. Il ne savait pas lire, ce qui était un secret de famille. Comme cela l'humiliait, il prétendait, devant les autres, que sa vue était mauvaise. Il lui arrivait même de se faire lire par une de ses filles les affiches qu'on posait dans le village, de les apprendre par cœur et, plus tard, en présence du facteur, par exemple, de feindre de lire à mi-voix.

Pour la lettre du médecin, on lui avait menti en disant, si je me souviens bien, qu'Antoinette avait la scarlatine. Puis, quelques semaines plus tard, Clémence avait aperçu sa sœur, par hasard, dans un café du port où elle était entrée comme serveuse.

Or, à Saint-Saturnin, où chaque famille envoie les filles en service dès qu'elles en ont l'âge, il est déshonorant de travailler dans un café. Dans un hôtel de saison, au contraire, où l'on ramasse de gros pourboires en quelques mois, c'est une promotion. C'est admis d'être placée dans un restaurant aussi, à condition qu'il s'agisse au moins d'un restaurant pour voyageurs de commerce, Cheval Blanc ou Lion d'Or.

Pendant des mois, ma mère n'a pas mis les pieds à Saint-Saturnin et un beau jour c'est ma grand-mère qui a entrepris le voyage de Cherbourg, sans succès, puisque sa fille a continué son métier de serveuse.

S'y est-on habitué ? S'est-elle fait pardonner en envoyant de plus gros mandats que les autres ? On l'a revue de temps en temps, le même dimanche que ses sœurs et que son frère Lucien, le seul garçon de la famille, qui avait son certificat d'études mais qu'on n'en avait pas moins loué dans une ferme du pays dès qu'il avait atteint ses quinze ans.

Je reparlerai probablement de tout ça. J'essaie de saisir un moment de l'histoire de la famille, celui qui a précédé ma venue au monde et que j'ai reconstitué du mieux que j'ai pu.

Sur la vie que ma mère menait à Cherbourg, rien que des silences de la part de ses sœurs et de tous ceux que j'ai interrogés, mais des silences éloquents.

Laquelle de mes tantes a dit :

— Elle avait ça dans le sang.

J'ai mis longtemps à comprendre. Il ne s'agissait pas d'un penchant à une vie plus ou moins débauchée, mais d'un goût quasi inné pour la vie, pour l'atmosphère des cafés, je dirai même d'une certaine sorte de cafés comme on en trouve dans les grands ports. Je jurerais que ma mère en aimait l'odeur et les bruits familiers, le désordre apparent, une certaine paresse flottant dans l'air, suspendant les gestes et la vie, ces « passages » sans commencement ni fin, ces hommes qui entraient, venant de nulle part, et repartaient vers n'importe où.

Qu'elle ait accueilli de ces hommes dans sa chambre sous les toits, cela ne fait aucun doute, mais cela procédait de la même nostalgie et elle restait lucide. Ses sœurs ne se trompaient pas en prétendant qu'elle avait toujours su ce qu'elle voulait.

Ce qu'elle voulait, c'était un café à elle, un comptoir derrière lequel elle serait la patronne, et je me demande si, quand elle était enfant, on l'envoyait aussi chercher mon grand-père à l'auberge du village. La femme que j'y ai vue si grosse devait être alors en plein épanouissement et, face aux hommes alourdis par l'alcool, donner l'impression de leur tenir tête. Chez nous, la femme, les filles, debout, servaient le père…

Ceci n'est pas une explication. À peine, en passant, un point d'interrogation.

Si ce goût de ma mère pour la vie de café a une certaine importance à mes yeux, c'est que j'en suis né, en quelque sorte, qu'en tout cas je lui dois de m'appeler Steve Adams, contre toute probabilité, et d'être citoyen britannique. Cela m'a valu aussi de passer une partie de mon enfance dans une maison de briques brunes d'un endroit appelé Tattenham Corner, au sud de Londres.

Je n'ai pas cherché à savoir si l'homme qui s'appelle Gary Adams est réellement mon père, ou si cette attribution de paternité faisait seulement partie des plans d'Antoinette Nau « qui savait ce qu'elle voulait ».

Il portait l'uniforme correct, d'un bleu sombre un peu triste, à deux rangs de boutons, de la marine marchande anglaise, et il naviguait entre Southampton et New York avec escale à Cherbourg, à bord d'un bateau de la Cunard qui s'appelait, je crois, le *Queen Victoria*.

Pour les non-initiés, c'était un jeune officier de marine aux cheveux blonds, au visage rose, à l'aspect timide ; mais à Cherbourg, où les choses de la mer sont familières à tout le monde, surtout dans les cafés, on reconnaissait, du premier coup d'œil, que c'était un aide *purser*, c'est-à-dire un employé qui travaillait aux écritures et à la comptabilité dans le bureau du commissaire de bord.

Je l'ai bien connu, plus tard, à Tattenham Corner, dans son second ménage, et cela me donne à penser que ma mère avait moins d'expérience qu'on n'a voulu le faire croire.

Je me trompe peut-être, mais je suis persuadé que ma mère n'aurait pas épousé un officier de marine, comme tant de filles rêvent de le faire, pour l'attendre, à chaque traversée, dans une coquette maison sur la colline.

Plus tard, il m'est arrivé de traverser l'Atlantique et, en me familiarisant avec les rouages d'un paquebot, je pense avoir compris. En marge de ceux, capitaine, officiers, matelots, mécaniciens, qui veillent à la marche du bateau, en effet, il existe, non moins nombreux, un personnel hôtelier qui va du commissaire de bord aux barmen et aux femmes de chambre en passant par les maîtres d'hôtel et les garçons.

Or, de Boulogne à Biarritz comme en Méditerranée, bon nombre de petits cafés, de bars, de restaurants sont tenus par des gens qui ont fait leurs premières armes dans les compagnies de navigation.

Gary Adams, à bord du *Queen Victoria*, faisait partie de ce personnel hôtelier, même s'il ne servait pas à table ou au bar, et il n'y avait aucune raison apparente pour qu'un jour, avec ses économies, il ne montât pas sa propre affaire.

Il y aurait une cause plus simple à ce mariage. Ma mère, ses papiers et les miens en font foi, était enceinte de plusieurs mois. Était-elle certaine que c'était d'Adams ? J'en doute, mais je doute aussi qu'elle ait été sûre d'une autre paternité.

Toujours est-il qu'entre deux traversées ils se sont mariés, sans la présence des Nau ni des Adams, avec, pour témoins, deux camarades de mon père et deux clients du café où travaillait ma mère. Comme Adams appartenait à l'église anglicane et que ma mère, en principe, était catholique romaine, ils ne sont pas passés par l'église.

Ma mère a continué à travailler jusqu'à ce que, le jour même de ma naissance, on la conduise en fiacre à la maternité. Mon père naviguait alors dans les eaux de New York. À Saint-Saturnin, on ne savait rien, et on a mis des mois à apprendre la vérité.

Cela a été, pour ma mère, la période la plus proche d'une existence bourgeoise. Elle habitait, près de la cathédrale, un appartement de trois pièces où son mari la rejoignait une fois par mois, pour une seule nuit, parfois moins, avec quelques jours de congé quand, à Southampton, le bateau était l'objet de sa révision périodique. Mon berceau était à côté du lit de chêne et, dans la cuisine, on voyait un vrai fourneau que ma mère astiquait chaque matin avant d'aller faire son marché en poussant ma voiture.

Elle jouait à la maman, à la femme mariée. Est-ce que Gary Adams se rendait compte que c'était un jeu et qu'il n'y avait, dans tout cela, rien de solide, de réel ?

Il voulait installer ce qu'il prenait pour sa famille

dans la banlieue de Southampton, où il était né et où il avait ses parents.

Ma mère, de son côté, s'efforçait de le convaincre de quitter la Cunard pour ouvrir un café ou une auberge d'un côté ou de l'autre de la Manche. Elle avait un atout pour elle : Adams était déjà las de naviguer. Seulement sa partie, dans le bureau du commissaire de bord, n'était ni la restauration, ni la limonade. Mon père n'était pas l'homme des contacts humains, mais l'homme des grands livres, des chiffres bien alignés, de la comptabilité.

Ils s'étaient trompés tous les deux, ma mère en espérant amener son mari derrière un comptoir de Cherbourg ou d'ailleurs, lui en s'imaginant qu'il installerait sa femme et ses enfants dans une banlieue anglaise d'où, chaque matin, il prendrait le train pour se rendre à son travail dans un bureau de la Cunard.

Par quels soubresauts sont-ils passés ? Y a-t-il eu des scènes, des disputes ? Connaissant mon père, si peu que ce soit, c'est improbable, car il vivait dans l'horreur de la violence et de tout paroxysme.

Un jour qu'il débarquait comme d'habitude, quelques mois après ma naissance, il n'a trouvé personne dans l'appartement proche de la cathédrale. J'étais depuis une semaine à Saint-Saturnin, chez mes grands-parents, avec ma tante Louise à qui je servais de poupée, et ma mère, à Cherbourg, avait repris la robe noire et le tablier de serveuse.

Mon père est venu me voir plusieurs fois à la campagne, d'abord avec ma mère, puis seul, car, un an plus tard, ils se sont mis d'accord pour demander le divorce.

Mon père avait cessé de naviguer et était entré au siège de la compagnie, à Regent Street. Dans le restaurant où il prenait ses repas solitaires, il a rencontré une employée comme lui, une grande fille qui le dépasse de la tête.

Patiemment, sans éclat, il a eu ce qu'il a voulu : une femme paisible, des enfants bien élevés, dans une maison pareille à toutes les autres maisons de la rue, à Tattenham Corner, et, pendant près de trente ans, il a pris chaque matin, à la même heure, le même train, avec les mêmes compagnons de route, pour Waterloo Station.

N'est-ce pas déroutant que ma mère, elle, « qui savait ce qu'elle voulait », n'ait jamais réalisé son ambition ?

À vingt-cinq ans, pour des raisons que je n'ai jamais pu lui faire dire, elle entrait comme cuisinière chez un juge d'instruction, pas même à Cherbourg ni dans un autre port, pas à Caen non plus, ni à Paris, mais dans une ville calme et plate en pays inconnu, à Niort, dans les Deux-Sèvres.

Et c'est ma tante Louise, la petite dernière, qui a eu son café, son hôtel, l'Hôtel des Flots, qu'elle tient encore aujourd'hui, veuve, âgée de soixante-quatre ans, à Port-en-Bessin, à quelques kilomètres de Saint-Saturnin où elle est née.

C'est une question qui a dû me tracasser à un moment ou l'autre de ma vie, car j'ai souvent observé et interrogé les gens autour de moi au sujet de ce que j'appellerai les périodes, je veux dire les relations d'un individu ou d'un couple avec le monde extérieur.

Prenons par exemple trois sœurs mariées dans la ville et entretenant de bonnes relations. Presque toujours les contacts entre les ménages se feront selon un rythme irrégulier, imprévisible. Pendant un temps, deux des sœurs et deux des beaux-frères, avec leurs enfants, se verront une fois ou deux chaque semaine à jour fixe, ignorant presque le reste de la famille, et soudain, après quelques mois ou quelques années, ce seront deux sœurs différentes qui se rapprocheront.

Ainsi, pour un enfant, plus sensible à ces phénomènes

que les grandes personnes, il y a presque toujours une période tante Clémence, une période tante Raymonde, d'autres encore, avec chaque fois un nouveau quartier pour fond, de nouvelles odeurs, de nouveaux rites.

N'en est-il pas de même, par la suite, pour les amitiés qui subissent, sans raison, de longues éclipses, quand elles ne s'évaporent pas tout à fait ?

Si cela est vrai pour des groupes humains sédentaires, qui passent leur vie entière dans une même rue ou dans une même paroisse, à plus forte raison est-ce vrai pour moi, qui ai eu une enfance tiraillée en tous sens.

J'ai commencé par parler de la période Nau, comme j'appelle la période de Saint-Saturnin parce que Barnabé Nau en était à mes yeux le personnage principal.

De la période Cherbourg, des mois passés dans une voiture d'enfant ou dans un berceau alors que ma mère habitait près de la cathédrale et que mon père venait la rejoindre à chaque escale du *Queen Victoria*, je n'ai pu dire grand-chose, puisque je n'avais pas conscience du monde extérieur.

Il est une autre période que je ne connais pas personnellement et dont je voudrais pourtant parler, parce que j'y attache une certaine importance, c'est la période, sans doute la plus heureuse dans l'existence de ma mère, pendant laquelle, avant son mariage, puis après, elle a porté la robe noire et le tablier blanc de serveuse.

Pourquoi, de ma mère, que j'ai eu l'occasion d'assez bien connaître par la suite, est-ce la seule image à m'avoir inspiré de la tendresse ? Le personnage qu'elle est devenue après, à Niort, dans la maison confortable et un peu sombre du juge Gérondeau, m'a toujours rebuté, comme je l'ai rebutée moi-même, de sorte que nous avons cru l'un et l'autre nous détester.

Si j'essaie de m'expliquer, j'en sais qui ont lu Freud, ou qui en ont entendu parler, et qui vont parler du complexe d'Œdipe. Cela fait savant, subtil, et, en fin de compte, cela remplace un point d'interrogation par un autre point d'interrogation, un malaise par un autre malaise.

Tout enfant, à Saint-Saturnin, c'était Louise, dont je partageais la chambre, que je regardais vivre et qui se déshabillait et s'habillait devant moi. C'est en la regardant que j'ai découvert qu'il existe une différence entre garçons et filles et certaines images, en noir et blanc, dans la grisaille de notre chambre, sont restées gravées sur ma rétine.

Or, quand plus tard j'ai essayé d'imaginer ma mère à Cherbourg, quand j'ai tenté de visualiser certains mots que j'entendais chuchoter, je me suis tout naturellement servi de l'image de Louise que j'avais à ma disposition.

N'est-il pas curieux que Louise ait réalisé le rêve de sa sœur, en employant, en partie, les mêmes moyens ? À Saint-Saturnin, il lui arrivait, quand j'étais endormi et que mon grand-père ronflait, imbibé d'alcool, d'enjamber la fenêtre pour aller rejoindre un garçon qui l'attendait dans le pré. À Port-en-Bessin, elle a continué, au point d'en devenir un personnage presque légendaire, ce qui ne l'a pas empêchée, à la mort de la femme du tenancier, de devenir la patronne de l'Hôtel des Flots.

Je n'en ai jamais voulu à ma tante Louise qui, au contraire, m'a toujours ému, même sexuellement. Elle avait ce qu'on appelle un visage chiffonné, un nez pointu, et son corps n'était pas extraordinaire, on ne peut pas dire qu'il était beau. Pour moi, étendu, trop blanc, dans la pénombre, il n'en représentait pas moins la femme avec son mystère, ses faiblesses, ses meurtrissures.

C'est ainsi que j'ai imaginé ma mère à Cherbourg au temps où, serrée dans sa robe noire, elle servait les clients d'un café, et si c'est d'une pauvre poésie que je l'ai entourée ainsi, cela m'a tenu lieu de poésie quand même ; j'ai été déçu, irrité, en la retrouvant, dans une atmosphère différente, jouant, pour un monsieur froid et méticuleux, le rôle de maîtresse-servante.

De Cherbourg à Niort, il y a un trou, un vide. Il s'est fatalement passé quelque chose, et quelque chose d'assez grave pour que ma mère, à vingt-cinq ans, renonce du jour au lendemain à l'avenir dont elle avait rêvé et pour lequel elle avait sacrifié Gary Adams.

Ce quelque chose, personne ne me l'a révélé, ni elle, ni mes tantes. C'était une question tellement tabou dans la famille que, dès qu'on y faisait allusion, on entendait voler un ange et que quelqu'un se mettait à tousser. Il n'y a pas si longtemps que je crois avoir la réponse et ce n'est pas moi qui l'ai trouvée, mais un commissaire de police de mes relations à qui j'en parlais sans dire de qui il s'agissait.

— C'était en 1913 ?

— 1913 ou début 1914, je ne sais pas exactement, en tout cas peu avant la première guerre.

Plus âgé que moi, ce commissaire était déjà en service à l'époque.

— Vous savez qu'il y avait périodiquement, comme de nos jours encore, une vague subite de moralité. À ces moments-là, la police ramasse toutes les filles à la traîne. Jadis, on leur faisait passer la visite et on les mettait en carte…

Je n'ai aucune certitude, mais c'est la seule explication à la fuite de Cherbourg, à l'installation à Niort, à l'abri sûr cherché dans la maison d'un juge d'instruction.

Peut-être la rafle n'a-t-elle pas atteint Port-en-Bessin, ou bien ma tante Louise était-elle trop jeune ? On n'avait plus besoin d'elle pour s'occuper de moi et on l'avait laissée partir. J'étais seul avec mon grand-père et ma grand-mère. Je commençais à aller au village.

Je n'ai aucun souvenir de la déclaration de guerre, ni de mes premiers condisciples. De ma mère, dès son enfance, on disait :

— Celle-là sait ce qu'elle veut.

De moi, on disait alors :

— Il n'en dit pas long, mais il n'en pense pas moins.

J'ai aussi entendu le mot « sournois » qu'on m'appliquait. Or, je n'étais pas sournois et je ne pensais guère. Je me nourrissais plutôt d'images, qui me suffisaient parfois pour des heures, une tache d'ombre sous un pommier du verger voisin, le nez mouvant d'un lapin en train de manger, le tablier bleu de ma grand-mère occupée à sa lessive. Peut-être que j'enregistrais, mais c'était inconscient et je n'enregistrais pas vite, je n'analysais rien.

Plus tard, au lycée, sans être un mauvais élève, j'ai eu toutes les peines du monde à m'assimiler, non seulement les mathématiques, mais toutes les notions abstraites. J'avais besoin d'images. Toute ma vie est une sorte de livre d'images et, comme dans les albums, il y en a en couleur et d'autres en noir et blanc.

D'une façon générale, Saint-Saturnin est en noir et blanc, comme si, pendant des années, le ciel avait été glauque et bas, les routes boueuses, le tonneau à eau de pluie d'un noir d'encre à droite de la porte.

Un détail montrera à quel point mon esprit est imprécis en ce qui concerne les faits et les chiffres. Je suis né en 1908, mes papiers officiels en font foi. C'est en 1911 que mon père est venu me chercher une première fois à Saint-Saturnin pour un séjour de quelques semaines en Angleterre. Il était remarié, avait un premier bébé, qui devait avoir trois ou quatre mois, et occupait la maison de Tattenham Corner qu'il devait habiter le reste de ses jours.

De ce voyage-là, je n'ai gardé aucun souvenir et je n'en sais que ce qui m'a été raconté, en particulier que la femme de mon père était fort embarrassée, toute la journée, avec un enfant qui ne s'exprimait que dans une langue inconnue d'elle.

C'était en été. Tous mes séjours en Angleterre se situent en été, à l'époque des vacances, et c'est pourquoi, plus tard, mes souvenirs de Tattenham Corner et de Londres devaient être des souvenirs en couleur.

Mais ce n'est pas de cela que je veux parler. Mon père, parce qu'il avait navigué et parce qu'il travaillait encore pour la Cunard, peut-être aussi parce que j'avais vu une photographie de lui en uniforme, restait pour moi un marin, un officier de marine.

Or, pendant mon enfance, deux catastrophes navales ont secoué le monde et sont entrées dans l'Histoire. La première, le naufrage du *Titanic*, je m'en suis assuré, a eu lieu en avril 1912. J'avais donc environ quatre ans. La seconde, le torpillage du *Lusitania*, – de la Cunard, justement, – s'est produite pendant la guerre, en mai 1918, lorsque j'avais sept ans.

Pour les deux, il y a eu des images populaires, des chromos, des récits propres à frapper l'imagination, comme les musiciens continuant à jouer et les officiers figés à leur poste jusqu'à l'ultime plongeon du navire.

J'en ai été assez remué pour, pendant un temps, être incapable d'imaginer mon père autrement qu'en uniforme, au garde-à-vous sur le pont balayé par les vagues.

Or, dans ma mémoire, les deux événements n'en font qu'un et je suis incapable de dire si c'est le premier, quand j'avais quatre ans, qui m'a ému, ou le second quand j'en avais sept.

Pour moi, il n'y a eu qu'un naufrage grandiose, où mon père aurait pu se trouver. Il aurait pu si bien s'y trouver que, pendant la guerre, il vint plusieurs fois me voir, en uniforme, comme sur son portrait, non plus l'uniforme d'un *purser* de la Cunard Line, mais l'uniforme de la marine de Sa Majesté.

Il a fait réellement naufrage, non loin des côtes de Norvège, en 1916 ou 1917, a été ramené en Écosse à bord d'un navire-hôpital et quand je suis allé le voir, trois ou quatre mois plus tard, il était encore en congé de convalescence et ne marchait qu'avec deux cannes.

Sauf erreur, j'ai fait trois séjours à Tattenham Corner pendant la guerre, dont un plus long que les autres, à une époque où je commençais à parler anglais, puisqu'on m'y a mis à l'école.

En France, mon oncle Lucien avait quitté la ferme où ses parents l'avaient placé, pour s'engager dans l'armée, et je me souviens l'avoir vu en bleu horizon.

Mon grand-père, qui n'avait pas été mobilisé, avait plus d'embauche qu'il n'en pouvait accepter et, dans beaucoup de fermes, les femmes assuraient les gros travaux.

C'est l'époque, vers 1915 ou 1916, où ma tante Clémence, l'aînée, qui travaillait chez le médecin de Cherbourg, a épousé un ouvrier des chantiers navals.

Pourquoi m'a-t-on retiré de Saint-Saturnin pour me confier à elle ? Tout cela s'est fait par lettre, mystérieusement, car ma mère ne quittait guère Niort. Peut-être était-ce une question d'école ? Ou le fait que mon grand-père buvait de plus en plus et qu'on commençait à avoir peur de lui ?

Clémence ne vivait que pour son intérieur, un intérieur aussi exactement semblable que possible à ce qu'elle se figurait qu'un intérieur doit être. La maison était conventionnelle, une sorte de jouet, ou de maison de catalogue, dans une rue neuve à la sortie de la ville. Je revois surtout le buffet de cuisine en pitchpin qu'elle avait fait faire chez un menuisier du voisinage et les boîtes émaillées qui en garnissaient les rayons, avec les mots « farine », « sel », « épices », « café », etc., en grandes lettres.

Enceinte, elle portait fièrement son gros ventre avec l'air de sourire aux anges et de temps en temps elle me permettait de mettre la main sur sa robe de coton à fleurs.

— Tu sens ? Il remue ! C'est ton petit cousin qui te dit bonjour.

Son mari, qui s'appelait Pajon, Louis Pajon, et qui n'allait pas tarder à devenir contremaître, était un homme plutôt petit et mince, mais dur, musclé, et il passait ses soirées à bricoler dans la maison, ne sortant que le dimanche après-midi pour assister aux matches de football.

L'enfant est né, un garçon, comme ma tante l'avait prévu. Cela s'est passé dans la maison, avec seulement la sage-femme, car on n'avait pas eu le temps de prévenir le médecin, et j'ai tout entendu à travers la porte.

Ma mère est venue passer trois ou quatre jours à Cherbourg. Nous nous observions tous les deux sans en avoir l'air, à petits coups, et c'est de cette époque que date ma conviction qu'elle ne m'aimait pas.

Je n'ai pas changé d'avis par la suite. Je crois que nous avons été déçus l'un et l'autre. À cause de moi ? C'est possible. J'aurais voulu la voir émouvante, désordonnée, comme je l'avais imaginée dans son café et comme j'avais connu ma tante Louise. Sûre d'elle, elle me donnait l'impression d'un bloc, d'un monolithe, et je lui en voulais d'avoir changé.

À peine chez sa sœur, qui était encore couchée, elle prenait la direction de tout, en femme qui en a l'habitude et qui se sait efficace. On portait encore les robes longues. C'étaient les dernières et, sous la sienne, ma mère avait un corset rigide, une véritable carapace, qui m'enlevait tout désir de me jeter dans ses bras.

Je revois aussi la montre en or qu'elle avait en sautoir et qui faisait l'admiration de mon oncle Pajon, car c'était un bijou comme, dans ce monde-là, on ne s'en offre guère qu'à mi-chemin de la vie.

Elle a regardé mes cahiers, mon carnet de notes. Puis elle a parlé de mon avenir avec mon oncle et ma tante, sans me consulter.

Peut-être, après tout, m'a-t-elle aimé à sa façon, et est-ce moi qui me suis montré un mauvais fils ?

Je m'étais fait une idée de la maison de Niort, que je n'avais pas encore vue, et, à cause du mot juge, à cause de l'adresse, place de la Brèche, j'imaginais une grosse bâtisse carrée, en pierre grise, avec un portail et une grille. Je voyais même des vitraux, comme à l'église, au cabinet de travail du juge d'instruction, des tapis rouge sombre partout, y compris dans l'escalier.

J'avais entendu une de mes tantes dire :

— Il y a dix grandes pièces pour seulement deux personnes. Heureusement qu'Antoinette a une femme de ménage pour l'aider.

Habitué à la maisonnette de Saint-Saturnin, où la vie était condensée dans un espace restreint, je n'étais pas loin d'évoquer ma mère et son juge errant dans le vide de locaux pareils à un hôtel de ville.

Ma mère avait-elle caché mon existence à son patron et ne la lui a-t-elle révélée que plus tard ? Était-ce lui, au contraire, qui avait ses raisons pour ne pas me voir ? Je l'ignore. Nous possédons des certitudes sur des questions qui ne nous intéressent que d'une façon lointaine et, sur ce qui nous touche le plus directement, nous en sommes souvent réduits aux hypothèses.

Je pourrais combler les vides par des suppositions, mais j'aime mieux laisser des mois, voire des années en blanc. Je n'ai rien dit de l'école de Saint-Saturnin parce qu'elle se réduit pour moi à des tabliers bleus, à des cris dans une cour où il y avait un seul arbre et à une institutrice qui avait mauvaise haleine et qui, sans doute à cause de mon mécréant de grand-père, m'avait pris en grippe.

À l'école communale de Cherbourg, la cour était toute en pierre, le sol, dans les classes, en pierre aussi. Il n'y avait pas d'arbres mais des grilles, et, aux examens, j'étais d'habitude cinquième ou sixième.

Ma tante Clémence a eu un autre enfant, pendant mon séjour, une fille, cette fois, mais comme j'avais grandi, elle ne me faisait plus mettre la main sur son ventre.

On a rationné le sucre, le chocolat, d'autres denrées ; grosso modo, la guerre, pour moi, cela a été surtout l'image de mon père en uniforme de la marine britannique, mes séjours à Tattenham Corner, où ma belle-mère attendait son troisième enfant, Lucien, enfin, mon jeune oncle, en bleu horizon, qui, à sa dernière permission, fumait la pipe.

La dernière fois que je suis allé à Saint-Saturnin, c'était après l'armistice, puisqu'il y avait un monument aux morts, en face de la mairie, avec douze noms gravés dans la pierre et un soldat de bronze brandissant un fusil.

Mon grand-père ne s'était pas encore pendu. J'avais onze ans quand, par un échange de lettres, ceux qui décidaient de mon sort se mirent d'accord pour que je passe à nouveau les deux mois de grandes vacances en Angleterre.

Ma tante Clémence m'a confié à un bateau de la Cunard, et ma belle-mère m'attendait de l'autre côté de l'eau, à Southampton, avec trois enfants, dont l'aîné n'avait que deux ans de moins que moi.

Nous avons pris, tous ensemble, un train que je commençais à connaître et, le soir, mon père, qui s'était laissé pousser une moustache rousse en forme de brosse à dents, est venu nous rejoindre à Tattenham Corner.

Autant mes précédents séjours à Tattenham ont laissé peu de traces en moi, autant j'ai gardé de celui-là un souvenir vif et, sur certains points, d'une extrême précision. Le premier regard de mon père, par exemple, et l'imperceptible froncement de ses sourcils roux. Il m'a dit, en me tendant la main :

— *Welcome, my boy.*

Bienvenue, mon garçon. Ce n'est que plus tard, en entendant Wilbur le faire, que j'ai su que j'aurais dû répondre :

— *Thank you, sir.*

Car Wilbur, comme la plupart des garçons anglais, appelait son père Monsieur et je n'ai eu aucune peine à l'imiter.

Pourquoi les filles, Nancy et Bonnie, faisaient-elles exception et disaient-elles *daddy* ? Je n'ai pas osé le demander et ce n'était pas le genre de maison où les enfants posent des questions.

Je partageais la chambre de Wilbur et, le soir de mon arrivée, j'ai entendu mon père et ma belle-mère chuchoter assez longtemps dans la chambre voisine, comme s'ils débattaient une question importante. Le lendemain matin, en effet, on me conduisait dans un magasin de confection, non pas de Londres, mais de Tattenham, d'où je devais ressortir habillé comme les jeunes Anglais de mon âge, de mon milieu, – je veux dire du milieu de mon père, – culotte de golf grise sur des bas à losanges, veston du même modèle que les vestons d'homme faisant ressortir l'étroitesse de mes épaules, cravate rayée et casquette plate.

L'après-midi, tandis que mon père était à son bureau, à Londres, nous avons pris un tramway qui nous a conduits à la limite de la campagne, où nous avons trouvé des bois, un vaste pré transformé en terrain de sport et une rivière où on louait des canots.

Tous les garçons, toutes les filles, de mon âge ou plus jeunes, se connaissaient, formaient des groupes distincts, et la plupart des jeux étaient des jeux organisés, des jeux d'équipe.

Si cela m'a frappé à ce voyage, c'est qu'on avait commencé à dire, parmi mes tantes :

— Steve est indifférent à tout.

C'est un mot que j'ai beaucoup entendu au cours de ma vie, prononcé par mes condisciples, dans les différentes écoles par lesquelles je suis passé, par mes professeurs, puis, plus tard, dans des conditions plus dramatiques.

— Il ne s'intéresse à personne.

Ou encore :

— C'est un renfermé.

Or, j'ai la conviction de n'avoir jamais été indifférent à ce qui m'entourait. Au contraire, je me décrirais volontiers, avec à peine d'exagération, comme un écorché vif.

C'est à Tattenham que j'ai commencé à comprendre ce qui, jusque-là, m'avait échappé. Ce qui m'avait valu un froncement de sourcils de mon père, à mon arrivée, c'était mon aspect différent, mes vêtements qui n'étaient pas ceux du milieu dans lequel j'allais passer un certain nombre de semaines. Puisque j'étais son fils, que je vivais sous son toit, je devais devenir comme les autres et, pour cela, on me conduisait dans un magasin de confection.

Beaucoup de choses m'ont frappé au cours de ce séjour et il serait trop long de les relater toutes, surtout que, pour la plupart, il s'agit d'incidents sans importance apparente, parfois de simples images qui n'avaient de signification que pour moi.

Par exemple, mon père a pris, presque tout de suite, trois jours de congé, et le premier jour m'a été entièrement consacré, ce qui est assez extraordinaire dans un pays où, comme je commençais à le constater, les relations entre père et fils sont plutôt lointaines et presque solennelles.

Laissant Wilbur à la maison avec sa mère et ses sœurs, mon père me conduisit à la gare, où nous prîmes tous les deux place dans un compartiment de seconde classe. Notre train était celui qu'il prenait chaque jour et les gens qui lisaient leur journal autour de nous étaient ses compagnons de voyage habituels. Parce que chacun avait sa place comme retenue, je restais debout, ce qui paraissait naturel à chacun, puisque je me trouvais en surnombre. S'il y eut des saluts échangés, discrets, certains à peine visibles, aucune phrase ne fut prononcée.

C'est à cause de ce voyage, surtout, que je garde de mon père un souvenir à la fois attendri et un peu ironique.

Il appartenait, – je traduis le mot anglais *to belong*, – il appartenait, dis-je, à ce compartiment qui chaque jour, à la même heure, emmenait à Londres des gens de la même classe que lui, de profession équivalente, qui laissaient derrière eux une maison, une famille à peu près semblables. Chaque matin à l'aller, chaque soir au retour, ils s'adressaient un signe aussi pudique qu'un signe maçonnique.

Aujourd'hui, mon père était en congé et rien ne l'obligeait à prendre son train quotidien. Pour nous rendre à Londres, puisqu'il voulait m'y emmener, ne pouvions-nous choisir un train plus tard, ou plus tôt ?

Je n'ai compris que beaucoup plus tard, une fois adulte. Je vivais sur le continent et c'était sa faute. Car, à ses yeux, c'était à cause de lui que je ne partageais pas la vie à laquelle un Adams avait naturellement droit.

Alors, pour compenser quelque peu le tort qui m'était fait, on m'avait habillé en Adams et, aujourd'hui, c'était d'une sorte de présentation que j'étais l'objet. On m'introduisait. Sans un mot, certes, mais il n'y avait pas besoin de mots.

Je revois défiler le nom des gares : Tadworth, Kingswood, Chipstead, puis Purley Oaks, South Croydon, Norwood Junction. J'entends le froissement des journaux, parfois le craquement d'une allumette, et, soudain, dans un hall immense rempli du vacarme de locomotives et du heurt des wagons, la débandade de ces hommes si calmes un instant auparavant, la poussée irrésistible d'un troupeau vers la sortie, la lumière du jour, les bus à deux étages, les trottoirs encombrés.

Encore une fois, je ne pense pas que mon père en ait été conscient, mais je reste persuadé qu'il éprouvait confusément le besoin de m'associer, ne fût-ce qu'un matin, à sa vie quotidienne, de faire, de l'étranger ou du demi-étranger que j'étais, un témoin. Et je ne suis pas tellement sûr qu'il n'ait pas voulu me donner ainsi un exemple, le désir, un jour, de suivre la voie qu'il avait suivie.

J'ai réfléchi à son cas. Je l'ai fait à tous les âges, rectifiant parfois mon opinion précédente, et mon opinion d'aujourd'hui n'est pas nécessairement définitive. J'ai fait allusion tout à l'heure à un certain malaise de mon père devant moi, ce qu'on appellerait de nos jours un complexe de culpabilité. Il est à peu près certain que ma mère, rencontrée dans un café de Cherbourg au cours d'une escale, représentait pour Adams le péché. Il n'avait pas résisté à son attrait. Je soupçonne que cela lui était rarement arrivé et je ne serais pas surpris si on m'affirmait que cette fois-là avait été la seule.

Puisque la faute avait porté un fruit, il avait accepté le *punishment*, la punition, – quand il s'agit de mon père, le mot anglais me paraît toujours plus adéquat. Ce n'était pas nécessairement un naïf. Il n'ignorait pas que ma mère n'était pas vierge quand il l'avait connue. Je pouvais être son fils, certes, mais je pouvais aussi être le fils de n'importe qui.

Il n'en avait pas moins accepté le mariage sans discuter. Il payait. Et il aurait continué à payer si ma mère l'avait suivi en Angleterre et s'était installée dans la petite maison de Tattenham Corner.

Au fond, il a eu de la chance et les événements se sont chargés, sans qu'il ait besoin d'intervenir, de remettre les choses à leur place.

Sauf moi, qui n'appartenais, au fond, ni à l'un ni à l'autre côté de la Manche, ni tout à fait à mon père, ni tout à fait à ma mère.

C'était son *punishment* de me faire venir à Tattenham et de subir la présence d'un élément étranger dans une maison où rien ne détonnait.

Je me trompe peut-être et cela n'aurait pas trop d'importance. Il y avait un certain orgueil aussi de sa part à me faire accomplir, à ses côtés, ses pérégrinations quotidiennes, à suivre la foule de Trafalgar Square, à me désigner, au bas de Regent Street, le prestigieux immeuble de la Cunard Line.

À cela encore, il appartenait, il en partageait un peu la gloire et la puissance, comme il partageait la puissance de *son* église – pas n'importe laquelle, *son* église, celle de Sutton Street, à Tattenham Corner – et le prestige de son club de golf.

Je le revois poussant un battant de la double porte vitrée aux sobres inscriptions en lettres d'or. Des clients s'alignaient déjà près d'un long comptoir, plusieurs queues étaient formées, chacune devant un employé assis de l'autre côté de la séparation.

44

Ils disposaient de hautes chaises et étaient entourés d'un attirail de carnets à souches, d'horaires, de cachets, de tampons.

Pas plus que dans le train, des saluts ne s'échangeaient, et pourtant c'étaient les collègues de mon père qui occupaient ces sièges surélevés, le troisième, il me l'indiqua d'un mot, d'un geste, était le sien.

— *Mine !*

Plus âgé, plus averti, j'aurais savouré l'humour de ce geste, de ce mot, dans le soleil de juillet qui pénétrait généreusement par les baies vitrées.

Ce petit homme maigre et correct, à la moustache roussâtre coupée ras au-dessus de la lèvre supérieure, avait déployé une énergie calme et silencieuse pour échapper au sort que ma mère lui avait assigné derrière le comptoir d'un bar ou d'un café.

Ce matin, avec une simplicité désarmante, il me montrait le rêve de sa vie, un autre comptoir, en acajou sombre, derrière lequel ils étaient six, en rang, à délivrer des billets de passage pour l'Amérique.

Il ne m'a pas invité à franchir le portillon séparant le public du Saint des Saints. Je n'ai pas vu ce qui se passait derrière la cloison aux vitres dépolies, encore moins derrière la porte marquée *Private.* Nous sommes restés dans le hall, où mon père m'a montré du doigt, d'abord une peinture murale représentant la mappemonde avec les lignes de la Cunard en pointillé, ensuite, sous verre, chacune posée sur un socle comme les statues d'un musée, les maquettes des navires de la compagnie.

Je crois qu'il était très gai, avec tout juste une pointe de nostalgie. À travers les rues ensoleillées où l'air était déjà chaud, il m'a conduit jusqu'à la façade blanche et or d'un restaurant Lyon's et la serveuse s'est approchée de lui avec la mine de quelqu'un qui le connaissait bien. Mais ce n'était pas l'heure. Il ne pouvait prendre son lunch habituel, ainsi qu'il l'a fait remarquer, et il a commandé du thé et des toasts à la marmelade d'orange.

Cela a dû être un jour faste dans sa vie, car il a accumulé les démarches inattendues, et il est probable que deux ou trois ans plus tard Wilbur, mon demi-frère, a eu droit à son tour au même traitement, puis, l'âge venu, Nancy et Bonnie.

Nous avons visité Westminster Abbey, où l'ombre était aussi savoureuse qu'une limonade, et, du doigt, sans un mot, mon père me désignait le nom des grands hommes gravé sur le socle des statues, parfois sur les pierres tombales que nous foulions aux pieds.

A-t-il réellement fait plus chaud ce jour-là que d'habitude au début de juillet ? J'ai gardé le souvenir d'un passage perpétuel, à un rythme toujours plus précipité, du soleil à l'ombre, de la chaleur à une fraîcheur que je me hâtais d'aspirer, d'un passage perpétuel aussi de la foule et du bruit au calme absolu et au silence de salles vides.

Nous avons fait la queue à un embarcadère, trouvé place tout à l'avant d'un bateau blanc qui a descendu la Tamise jusqu'à la Tour de Londres, cependant qu'un guide nous signalait au passage les monuments et les navires à l'ancre.

Mon père a-t-il tenu à se libérer d'un seul coup, maintenant que j'en avais l'âge, de toutes ses obligations ? Ou bien n'était-ce que le besoin de m'associer à son enthousiasme ? Peut-être aussi pensait-il que le moment était venu de me donner, une fois pour toutes, une leçon de choses ?

Nous avons visité la Tour de Londres et, là aussi, écouté pieusement les explications du guide. Un bus rouge nous a ramenés dans le centre de la ville et nous y avons mangé, assis sur des tabourets rivés au sol, des sandwiches qui, pour moi, avaient le goût de poussière.

La fin de la journée est plus confuse dans ma mémoire ; j'en garde surtout une impression de fatigue musculaire et nerveuse. Je sens encore la lourdeur de mes jambes cependant que nous gravissions les escaliers interminables du British Museum et mes nerfs optiques, à force de passer du soleil à l'ombre et de l'ombre au soleil, de fixer tout ce que le doigt de mon père m'indiquait, étaient douloureux.

Je ne savais plus si j'avais faim, si j'avais soif ou si j'avais seulement envie de m'étendre et de dormir et, si je me rappelle le train du retour, avec la plupart des visages du matin, je n'ai pas la moindre idée de la façon dont s'est passé le souper.

Ce qui me gêne un peu pour raconter l'incident du lendemain, c'est que je ne suis pas sûr de sa cause exacte. Je sais que nous avons pris le tram pour nous rendre à la campagne et je suppose que mon père s'était rendu, de son côté, à son club de golf, car je ne le revois pas avec nous, alors qu'il était pourtant en congé.

Ma belle-mère, qui a toujours été gentille et patiente avec moi, je m'empresse de le reconnaître, a dû me dire, comme elle me l'a dit maintes fois :

— Pourquoi ne joues-tu pas avec les autres ?

Or, de me mêler à un des groupes d'enfants, cela aurait été à peu près comme si la veille, dans le train, je m'étais mis à raconter une histoire à un des voyageurs plongés dans le *Times*.

I did not belong. Je « n'appartenais » à aucun groupe. Pas parce que j'étais indifférent, ou renfermé, comme on l'a insinué, mais parce que ces groupes existaient en dehors de moi. Peut-être parviendrai-je à mieux m'expliquer par la suite. Pour l'instant, c'est de mon père et de Wilbur qu'il s'agit, et ce qui s'est passé à notre retour a été aussi marquant pour moi que mes expériences de la veille.

Wilbur, lui, « appartenait » et jouait avec les autres.

De loin, je l'ai vu s'amuser, entre autres, autour des bateaux qui sillonnaient la rivière et venaient parfois s'amarrer au ponton pour changer de rameurs.

Il y a eu, si je ne me trompe, une histoire d'aviron que Wilbur a traîtreusement lancé dans le courant, parce qu'on ne le laissait pas monter dans une embarcation. Ils s'en sont expliqués en quelques mots, sa mère et lui. Pas longtemps. Sans éclats de voix. Cependant, après, et jusqu'à la maison, Wilbur a gardé un air à la fois craintif et renfrogné.

Je n'ai pas assisté non plus au conciliabule entre mon père et ma belle-mère sur ce sujet, mais mon père a fatalement été mis au courant et cela n'a pu avoir lieu qu'avant le souper.

Or, le repas s'est déroulé sans qu'il soit fait allusion à l'incident de l'après-midi. Ce n'est que le dîner fini que mon père, au moment où il aurait dû aller s'asseoir dans son fauteuil, a dit à Wilbur :

— Allez me chercher la canne.

— Oui, monsieur.

Nancy, qui avait huit ans, Bonnie qui en avait cinq, ont assisté sans broncher à cette sorte de cérémonie et il n'y avait dans leurs yeux ni surprise, ni crainte, ni pitié.

J'ai vu, près de la table non desservie, Wilbur tendre à son père une canne de jonc qu'il était allé prendre dans le porte-parapluie, puis, avec une imperceptible hésitation, un léger frisson à fleur de peau, baisser sa culotte et offrir son derrière nu.

Il est arrivé à mon grand-père Nau de me frapper quand il était ivre. Maintes fois, ma tante Louise a été envoyée à terre d'une de ses terribles gifles et j'ai entendu raconter que ma grand-mère n'avait pas toujours été à l'abri des coups, qu'elle en avait même fait une fausse couche, entre la naissance de deux de ses filles.

Adams, lui, n'était pas en colère. Il n'avait pas bu. Il

a donné trois coups de canne, calmement, en mesurant sa force, après quoi, rendant le bâton à Wilbur, il a prononcé avant de saisir son journal :

— Vous devez apprendre à toujours vous conduire en gentleman.

À Saint-Saturnin, il arrivait à ma grand-mère de m'emmener en cachette à l'église. Il y faisait sombre. Des vieilles comme elle, ou des plus jeunes, au visage tourmenté, au corps plus ou moins déformé, y venaient exsuder leur désespoir devant quelques bougies qui brûlaient au pied d'une vierge en plâtre.

À Cherbourg, je suis allé à l'église aussi, le dimanche, avec ma tante Clémence et mon oncle. C'était pour assister à la grand-messe de dix heures et le chant des orgues déferlait au-dessus des têtes, ma tante portait son tailleur bleu marine, un corsage de soie blanche et, pour la circonstance, elle se mettait toujours un peu de parfum. Tout le monde, femmes, hommes, enfants, était endimanché et, au printemps, les chapeaux étaient gais, ornés de fleurs de couleur, de cerises, de plumes légères ; l'hiver, il y avait de la fourrure au col et aux poignets des manteaux cintrés.

C'était une cérémonie, déjà, de gravir les marches du parvis, puis, après la messe, de les descendre sous les regards des groupes qui se formaient à l'entour.

Avec mon père, ma belle-mère, Wilbur et mes deux demi-sœurs, j'ai assisté au service, dans le temple en briques de Sutton Street, et c'était encore différent. Pas seulement parce qu'ici nous étions dans une église anglicane. Je ne puis faire de comparaison qu'avec l'atmosphère du train.

Les gens, autour de nous, qui murmuraient les mêmes prières, entonnaient les mêmes chants liturgiques, ne s'adressaient aucun signe de reconnaissance, ne se serraient la main ni à l'entrée ni à la sortie.

On sentait cependant qu'ils étaient là, moins par

mystique, que pour affirmer, ou pour sentir, qu'ils appartenaient au groupe.

Chacun, pris isolément, était un individu, chaque famille une famille, mais, tous ensemble, entre les murs du temple, ils formaient une communauté.

Je me souviens que j'observais les visages en quelque sorte abstraits, débarrassés pour un moment de leurs caractères distinctifs, et que je me demandais ce qui arriverait si quelqu'un, une grande personne, commettait soudain un acte incongru, comme celui de Wilbur lançant l'aviron d'un camarade dans le courant.

Eh bien ! si l'on me permet de pousser mon idée jusqu'à l'absurde, cela ne m'aurait pas paru extravagant, dans cette atmosphère, de voir le prêtre se tourner, serein, vers le coupable, pour lui dire d'une voix neutre et ferme :

— Allez chercher ma canne, s'il vous plaît.

To belong.

Appartenir.

J'ai essayé. Plusieurs fois, j'ai eu l'illusion d'y être parvenu. Ce n'est pas ma faute si j'ai, sur la question, les idées que j'ai aujourd'hui et qui n'ont rien de réconfortant.

En octobre, c'est à Caen, et non à Cherbourg ou à Niort, que j'entrai pour la première fois au lycée. Cela ne me surprenait pas de changer une fois de plus de tante, de maison, d'habitudes. Maintenant encore, cela ne me paraît pas extraordinaire. Clémence, à Cherbourg, avait deux enfants et en attendait un troisième. Il était naturel que Pajon ne désire pas garder en outre sous son toit un garçon qui ne lui était rien.

À Caen, ma tante Béatrice aussi, la seconde sœur de ma mère, avait des enfants, trois filles, aussi blondes et roses que leur père était brun de poil, mais je crois connaître la raison qu'ils ont eue de m'accueillir. Le mari de ma tante s'appelait Adrien Lange. Ma tante l'avait rencontré dans la boulangerie où il était commis quand elle y était entrée pour aider au magasin. Elle avait à peine seize ans et il semble que celle-là n'ait connu qu'un seul homme.

Ils ont « fréquenté » pendant trois ans, mettant ensemble leurs économies, et, pour eux, le mot mariage signifiait surtout la boulangerie qu'ils tiendraient un jour à leur compte.

J'ai entendu raconter cette histoire sans y prêter attention. Une tante de Lange a hypothéqué son bien pour lui avancer les premiers fonds et il a obtenu le reste d'un fournisseur de farine. Il paraît que c'est presque toujours ainsi que cela se passe pour les jeunes qui montent un commerce. Ils signent un certain nombre de billets, à échéances plus ou moins rapprochées, et ils en ont pour des années avant d'arriver au bout de leurs dettes.

Lange était un garçon sérieux, courageux. Je l'ai vu, énorme, puissant, les biceps nus, la nuque saillante, le visage blanc de farine, dans le fournil qui donnait de plain-pied dans la boutique, et tout le temps que j'ai vécu dans la maison il s'est levé à trois heures du matin, semaine et dimanche, pour préparer la première fournée.

C'est là que j'ai entendu parler pour la première fois d'hommes de loi. Apparemment, Lange n'avait pas lu avec assez de soin les papiers qu'on lui avait fait signer et on lui réclamait le remboursement de certains billets à une échéance beaucoup plus rapprochée qu'il ne l'avait pensé. Il y avait aussi une façon de calculer les intérêts qu'il n'avait pas prévue et qui faisait que, travaillant jour et nuit dans un commerce prospère, il n'arrivait pas à joindre les deux bouts.

Pendant que j'étais en Angleterre, tante Béatrice était allée voir ma mère à Niort et ma mère avait consacré ses économies à racheter une partie des billets de fonds, de sorte qu'elle se trouvait être copropriétaire de la boulangerie.

Je suppose que c'est la raison pour laquelle elle m'avait confié aux Lange. J'ai tout de suite aimé l'atmosphère de la boulangerie, le timbre de la porte qui résonnait à tout bout de champ, la chaude odeur du pain frais et des gâteaux, l'air sucré que ma tante avait adopté et aussi un certain désordre qui régnait, pour les heures de repas en particulier, comme dans tous les petits commerces où on est à la merci des clients.

Le lycée ne m'a pas rebuté, malgré son aspect revêche et le fourmillement d'élèves presque tous plus grands que moi.

En somme, le monde extérieur ne m'a jamais révolté et je crois que je n'ai détesté personne. Je n'en ai voulu à personne non plus et, si étrange que cela paraisse après ce que j'ai dit jusqu'ici, je me suis presque constamment senti en sympathie avec mon entourage, à condition que, par sympathie, on n'entende pas communion, ni complicité. J'en parle sans passion. Je m'efforce de peser mes termes, de ne pas employer certains mots tabous, d'effleurer prudemment certaines idées, j'expliquerai peut-être un jour pourquoi.

Non seulement je n'ai jamais été hostile, mais je suis rarement resté indifférent. J'ai envie de dire que j'étais simplement étranger, mais ce mot aussi me paraît trop fort.

Je voudrais pourtant donner une idée de mon état d'esprit dans les mondes divers où j'ai évolué tour à tour car, à partir de maintenant, il ne s'agit plus de mon enfance plus ou moins consciente, mais d'époques dont j'ai gardé des souvenirs précis, d'événements que j'ai vécus en me rendant compte de ma situation vis-à-vis de mes semblables et de la nature de mes contacts avec eux.

Tout enfant, aussi loin que je puisse retourner en arrière, alors, par exemple, qu'on m'asseyait sur le seuil de pierre bleue, près du tonneau d'eau, il y avait déjà un moment de la journée que j'appréhendais, que je sentais approcher avec angoisse : le moment où le soleil déclinait lentement sur l'horizon, où on n'en voyait plus qu'une tranche au-dessus de la terre d'un brun plus sombre et où, soudain, l'univers semblait s'immobiliser.

La lumière ne venait plus de nulle part et pourtant elle était partout, grise et froide, sans éclat, et les pommiers du verger ne donnaient plus d'ombre.

Les petits nuages, dans le ciel, se figeaient, comme les feuilles, les branches, les brins d'herbe, et le vol silencieux d'un oiseau prenait des airs de profanation.

La nuit s'étendait implacablement et, comme on n'allumait pas la lampe avant l'arrivée de mon grand-père, ce crépuscule qui s'éternisait me prenait à la gorge.

Je ne crois pas que ce soit la notion de vide qui m'affectait si fort, mais la notion d'immobilité, d'une immobilité qui confinait à l'irréel.

Dans tous les groupes humains avec lesquels j'ai vécu par hasard ou par choix, j'ai connu, tôt ou tard, la même sensation angoissante. Ce n'était plus nécessairement quand le soleil disparaissait à l'horizon, mais à n'importe quel moment de la journée, n'importe où, dans une cour de récréation, autour de la table du souper, dans un café, ou encore, par exemple, dans un bureau officiel où j'allais faire signer des papiers.

Il se produisait, d'une seconde à l'autre, sans que j'y sois pour rien, une rupture de contact. Les gens, autour de moi, pouvaient continuer à s'agiter : à mes yeux, ils n'en étaient pas moins figés. Ils remuaient les lèvres et les sons m'arrivaient d'un autre univers. La question qui se posait était, est encore, invariablement :

— Qu'est-ce que je fais ici ?

Je n'avais rien de commun avec eux. Je n'étais même pas sûr de leur réalité. Ils n'avaient plus d'épaisseur, plus de dimension, en tout cas de dimension commune avec la mienne.

Je me revois en particulier, certain soir de novembre, avec les cubes jaunes des classes éclairées, au milieu de la cour du lycée, regardant autour de moi des centaines de garçons vêtus de sombre. Il me fallait un effort presque douloureux pour ne pas prendre mes jambes à mon cou et me précipiter vers la grille.

En classe, j'entendais une voix prononcer, alors que je n'avais pas conscience qu'on eût parlé auparavant :

— À quoi rêvez-vous, monsieur Adams ?

Tout le monde riait autour de moi. J'aurais voulu expliquer que je ne rêvais pas, que je n'étais nullement d'un tempérament rêveur. Il m'est arrivé d'essayer, sans parvenir à me faire comprendre.

En définitive, je dois en revenir à mon leitmotiv : *to belong.* Appartenir !

Si je m'étends sur ce sujet, ce n'est pas par complaisance pour mon cas, car je ne crois pas être un cas, mais au contraire parce que je suis persuadé que des millions d'hommes me ressemblent comme des frères.

Toute notre vie, dès notre tendre enfance, on nous demande d'appartenir à quelque chose et, par conséquent, d'être semblables à d'autres. On nous place successivement dans différents groupes humains, l'école maternelle, puis des classes annuelles, le patronage aussi, pour certains, ou les boy-scouts, l'atelier ou l'université, la caserne, et chaque fois il y a de nouvelles règles et de nouvelles défenses.

Il faut ressembler à nos camarades, mais il faut ressembler aussi à l'idée que nos parents et nos professeurs se font de nos camarades. Et il faut ressembler à notre milieu. Nous devons être de notre village, de notre province, de notre pays. Nous devons être de notre profession et de notre niveau social et pourtant nous devons rester des individus.

Des questions de naissance, de famille, m'ont peut-être fait changer plus souvent d'entourage que la plupart des enfants. Pour en revenir aux Lange, par exemple, à l'heure où j'écris, près de quarante ans après les avoir quittés, ils sont encore dans leur boulangerie de la rue Saint-Pierre. Ma tante et mon oncle vivent toujours. Ma tante passe une partie de ses journées en compagnie de sa fille derrière le comptoir en marbre blanc veiné de bleu. Car, comme ils n'ont pas eu de fils, c'est un gendre qui a repris le commerce et on n'a pas eu à gratter le mot Lange de la devanture ; on l'a seulement fait précéder du mot Leroy. La cadette des filles vit au Maroc et la seconde, que j'ai connue, est speakerine à la télévision.

Chez les Lange, rue Saint-Pierre, on ne se tenait pas à table comme chez mon père, à Tattenham Corner, ni comme dans la bicoque des Nau, à Saint-Saturnin. Ma tante Béatrice et ma tante Clémence, de Cherbourg, avaient beau être sœurs, ce qui était vrai dans la maison de l'une ne l'était pas dans celle de l'autre. Elles n'ont pas élevé leurs enfants de la même façon, ne leur ont pas donné les mêmes ambitions.

Le monde est d'abord découpé en grandes tranches qui ne coïncident pas toujours, les races, les religions, les nationalités, sans compter les groupes politiques. Puis, dans les provinces, dans les villes, dans les villages enfin, et jusque dans les quartiers, dans une même rue, dans un même immeuble, les compartiments se font de plus en plus menus, les frontières de plus en plus subtiles.

On pourrait croire qu'à force de subdivisions l'homme va se trouver seul dans sa case. C'est peut-être ce qui arrive en réalité, mais on ne lui permet pas de le croire, lui-même se refuse à le croire, il veut appartenir à un groupe, à plusieurs, souvent il veut sauter des cases, si ce n'est pas pour lui, tout au moins pour ses enfants.

Ma case, l'hiver 1919-1920, se situait à la fois à la boulangerie Lange, rue Saint-Pierre à Caen, et dans la classe de septième du lycée, où mon professeur de français s'appelait M. Maréchal. C'est lui qui, pendant toute l'année scolaire, a interrompu son cours plusieurs fois par jour pour lancer dans le silence qui précède les éclats de rire :

— À quoi rêvez-vous, monsieur Adams ?

Pour que cela soit plus drôle, il ne prononçait pas le *s* et, bien entendu, mes condisciples se sont empressés de l'imiter. J'ai été, en somme, sans déplaisir, le comique de la classe.

Je commençais à prendre l'habitude de passer d'une case à l'autre. Ma volonté n'y était encore pour rien. Ce n'était pas un goût, mais je m'y habituais parfaitement.

Si j'ai été considéré comme un étranger, si je l'ai été, en réalité, je n'en ai pas moins conservé une certaine fidélité pour ceux que j'ai connus aux différentes époques de ma vie. Ainsi, bien que ne voyant plus personne de ma famille, je sais ce que chacune de mes tantes, chacun de mes oncles, chacun de mes cousins et cousines sont devenus et il en est de même pour les quelques-uns qui, en classe, ont émergé de l'anonymat.

Je n'ai pas eu d'amis d'enfance, j'ignore pourquoi, peut-être parce que ni ceux qui auraient pu le devenir, ni moi-même, ne l'avons cherché.

Mais, à Caen, il y avait un certain Midol, le fils d'un boucher, avec qui je faisais le chemin presque chaque jour et qui, le premier, m'a raconté des histoires graveleuses. Il y avait aussi une fille, dans l'impasse derrière la boulangerie, à peu près du même âge que nous, que Midol retrouvait dans l'obscurité, à moins de dix mètres de la porte de ses parents.

Mon camarade me racontait ses premières expériences encore assez naïves et, si j'en fais mention, c'est parce qu'à chaque fois c'était l'image de ma tante Louise que j'avais naturellement devant les yeux.

Un autre de mes condisciples s'appelait Prieur et il était fils d'avocat, il habitait une grosse maison au balcon de pierre. J'ai été invité une fois à goûter chez lui. Sa mère, sur le point de sortir, est entrée dans la pièce où nous nous tenions et elle portait un manteau de fourrure – du vison, je suppose – qui m'a impressionné. Je revois les quatre marches de marbre qu'on trouvait en franchissant la porte, le tapis sombre retenu par des tringles de cuivre, les hautes portes de chêne, et je retrouve le chuchotement que nous entendions dans le cabinet de l'avocat dont je n'ai fait qu'entrevoir les murs couverts de livres et la lampe à abat-jour vert.

Ce ne sont pas que des repères. Ces images, j'en suis convaincu, ont joué leur rôle dans ma vie et certaines le joueront peut-être encore. Sans doute y en a-t-il d'autres, que je crois avoir oubliées, qui ont fait leur chemin à mon insu.

Mes cousines Lange s'appelaient Claire et Gilberte. Marie-France n'était pas née mais, quand j'ai quitté la maison après les grandes vacances, ma tante était enceinte.

C'est peut-être, après tout, l'endroit où j'ai eu, sinon le plus de bonheur, tout au moins le plus de petites joies, ce que j'appellerai des joies de base, des joies gratuites, comme la bonne odeur du fournil et le tintement joyeux de la sonnette de la boutique. La vue de mon oncle, avec les longs poils bruns qui sortaient de sa camisole et ses biceps saillants, était plaisante. Ma tante était ronde et douce, naïvement joyeuse chaque fois qu'elle faisait glisser des sous dans le tiroir-caisse, et on se gavait de nourriture jusqu'à s'en saouler, car mon oncle avait gros appétit et de la nourriture traînait toute la journée sur la table de la cuisine.

Ma mère est venue me voir deux fois cette année-là.

Peut-être venait-elle surtout pour se rendre compte de la marche du commerce où elle avait mis le plus gros de ses économies, car, si elle s'occupa peu de moi, elle passa chaque fois la soirée à discuter avec mon oncle.

Naturellement, elle m'a demandé mes notes de l'école et elle m'a fait remarquer que je reculais, puisque je n'étais plus que neuvième.

— Sur quarante ! ai-je riposté. À Cherbourg, nous n'étions que vingt-trois dans la classe.

J'entends encore les syllabes résonner dans l'air et y mourir.

Les deux sœurs ont parlé enfants, accouchements, maladies. À cette époque-là, à Port-en-Bessin, Louise n'était pas encore mariée. Tout le monde savait qu'elle était la maîtresse de son patron, que la femme de celui-ci était au courant mais qu'elle n'osait rien dire car elle craignait que son mari la mette à l'hôpital. Elle avait un cancer à l'intestin, difficile à soigner. De tout cela, je n'entendais que des bribes. Ma mère soupirait en mettant son chapeau :

— Enfin ! On verra ce qui arrivera…

Mon oncle Lucien, à la démobilisation, n'était pas retourné travailler dans la ferme où ses parents l'avaient placé autrefois contre son gré et il avait réalisé son rêve de vivre à la ville. Il était à Caen, camionneur dans une épicerie en gros de la rue Caponière. Je ne l'ai aperçu que trois ou quatre fois car, pour employer le mot de ma tante, il « courtisait ».

Pendant les vacances, j'ai obtenu la permission de me servir de la bicyclette de mon oncle pour aller à Ouistreham me baigner et pêcher les équilles. Midol, qui avait un vélo aussi, m'a accompagné plusieurs fois et, une des fois, il a emmené la fille de l'impasse sur le cadre de sa machine.

Non loin de l'écluse de Ouistreham s'étendait la plage de Riva-Bella, moins fréquentée qu'aujourd'hui, plus bourgeoise, avec ses parasols, ses boutiques de souvenirs et ses pâtisseries élégantes. Les jeunes gens, les jeunes filles que j'y voyais avec leur famille venaient presque tous de Paris et appartenaient au même milieu que la plupart de mes camarades du lycée.

Je les regardais, vêtus de blanc, jouer au tennis sur la cendrée d'un beau rose puis, le tricot noué autour du cou, aller manger des glaces ou des gâteaux. Tous avaient l'air de se connaître, s'appelaient par leur petit nom, et, le soir, après le bain, ils se retrouvaient pour danser, les garçons en pantalon de flanelle blanche et en blazer rayé, sur la terrasse du casino.

Je n'étais pas dans le coup. Seulement un spectateur. Et si je ne les enviais pas, je commençais à me faire des réflexions qui auraient leur importance par la suite.

Ce qui me frappait le plus, c'était une impression d'agréable futilité. Dans la clarté de la plage, dans un air ténu, léger, les vêtements de fantaisie, avec leurs couleurs qui n'étaient pas de tous les jours, contribuaient à rendre la vie inconsistante et à donner un sens au mot vacances.

Ces gens-là, qui se trouvaient et se perdaient dix fois par jour, dans un décor toujours le même, comme en un ballet bien réglé, n'avaient même plus de nom de famille et on entendait les voix joyeuses appeler de loin :

— Gaston !

— Ginette !

— As-tu vu Raoul ?

— Je crois qu'il est parti à cheval avec Marie-Laure.

Le soir, ils ne rentraient pas chez eux, mangeaient homards ou soles à la terrasse des restaurants et dans la salle à manger des hôtels. Beaucoup logeaient dans des villas louées pour la saison qui avaient l'air de jouets.

Midol ne regardait rien, préférait pêcher et me parler du ventre de sa petite amie dont le père était chiffonnier.

Les vacances m'ont paru longues, mais claires et douces, à tout prendre, avec un rien d'amertume pas désagréable que je ne peux définir. Une semaine avant la rentrée des classes, j'ai reçu, en même temps que mon oncle et ma tante, une lettre de ma mère m'annonçant que j'allais devenir interne au lycée de Niort, où elle pourrait me voir chaque semaine.

Sur le moment, c'est la route de Ouistreham, toute droite le long du canal, que j'ai regrettée, et la mer, au bout, la plage sans fin que la plupart des parasols avaient déjà désertée.

4

Pourquoi, bien avant la lettre de ma mère, peut-être dès le moment où j'avais appris que celle-ci allait travailler à Niort, avais-je eu une impression d'hostilité, d'antagonisme ? Jusqu'alors, j'étais allé partout, en Angleterre, à Cherbourg, à Caen, sans craintes ni idées préconçues. Or, le mot Niort, pour moi, était sombre, menaçant, et sa situation même sur la carte de France me paraissait morne et triste.

Cela me semble significatif, aujourd'hui, qu'à peine âgé de douze ans et demi, j'aie été frappé par la transformation progressive de l'écriture de ma mère. Elle m'écrivait à peu près une fois par mois de courtes lettres qui comportaient toujours les formules « soigne-toi bien », « sois sage » et « ta mère qui t'aime ».

Elle n'avait pas son certificat d'études et, au début, son écriture était celle de tous les primaires, irrégulière, avec des lettres trop formées et d'autres qui ne l'étaient pas assez, des mots écrits comme ils se prononcent, des lignes qui s'achevaient tantôt en montant et tantôt en descendant.

Depuis que ma mère vivait à Niort, son écriture changeait. D'abord, les lettres étaient devenues moins grandes, moins rondes, l'alignement plus régulier, et des ratures révélaient qu'elle commençait à se préoccuper de l'orthographe.

Ses lettres devaient finir par avoir un aspect tout différent et je regrette de ne les avoir pas gardées car je les soumettrais, par curiosité, à un graphologue. Je crois savoir d'avance ce qu'il me dirait. Là où on voyait jadis des courbes molles et hésitantes, on découvrait soudain des pointes, avec certains jambages plus appuyés que les autres. Tout s'était condensé, rétréci, le même nombre de phrases ne couvrant plus que la moitié de l'espace d'autrefois. S'il y avait encore des fautes, elles étaient plus rares, moins naïves.

Ma première idée avait été que ma mère, pour des questions d'intérêt, puisqu'elle se trouvait en partie propriétaire de la boulangerie, s'était brouillée avec sa sœur Béatrice et avec Lange. Cela aurait pu se produire. Cela s'est d'ailleurs produit par la suite, pour s'arranger en fin de compte. Les cinq sœurs avaient beau vivre à une certaine distance les unes des autres, se voir rarement, ne s'écrire que de loin en loin, il a toujours existé entre elles des brouilles latentes ou déclarées, des froids, des reproches ou des soupçons, des clans qui se formaient et se défaisaient et, des enfants Nau, il n'y a eu que mon oncle Lucien à s'être, toute sa vie, tenu à l'écart de ces complications.

Toujours est-il que mon hypothèse d'une dispute d'intérêt était fausse et que, petit à petit, j'ai découvert les vraies raisons de mon installation dans les Deux-Sèvres.

Qu'on ne pense pas que je cherche à me faire passer pour un enfant prodige, doué d'une perception aiguë de ce qui se passait autour de lui. Il est bon de répéter que j'aurai bientôt cinquante ans, que certaines vérités ne me sont venues que peu à peu, morceau par morceau, et que tel événement vécu à douze ans, par exemple, a été revu par moi à plusieurs reprises, avec des yeux de quinze ans, puis de vingt, de trente et, enfin, avec ceux de l'homme que je suis aujourd'hui.

Il ne m'est pas possible d'énumérer ces révisions, ces images successives, et il m'arrive de me contenter d'une juxtaposition, parfois de donner la première et la dernière image.

Je m'attendais à une ville triste, rébarbative, non pas noire, mais glauque, une de ces villes sans vie personnelle, sans vibration, comme on en voit sur les cartes postales bon marché. Or, dès la gare, où ma mère m'attendait, vêtue d'un costume tailleur noir mieux coupé que ceux de mes tantes, j'apercevais des maisons claires, beaucoup peintes en blanc ou en jaune, de larges avenues, des arbres, et surtout un ciel plus haut, plus dégagé et plus vaste que le ciel de Normandie.

Pourtant, j'ai boudé à ce spectacle comme j'ai boudé à ma mère. Je me souviens lui avoir demandé, méfiant, comme si je m'attendais à une trahison :

— Où est-ce que tu habites ?

— Tu le verras un autre jour. Aujourd'hui, je dois te conduire au lycée.

Deux fiacres et un taxi stationnaient devant la gare. Ma mère a choisi le taxi et l'idée ne lui est pas venue, comme mon père à Londres, de m'offrir un tour d'honneur de la ville dont je n'ai fait qu'entrevoir le centre commerçant, aux rues plus étroites, aux maisons anciennes.

— Je pourrai aller te voir ?

— Sans doute.

Elle ne disait pas oui. Elle ne disait pas quand. Elle ne ressemblait plus du tout à ma tante Louise, ni à mes autres tantes.

Nous avons abouti à un mur de pierre, comme à Caen, à une grille, à une cour, à un préau, et déjà quelques pensionnaires arrivés avant moi attendaient, seuls ou par groupes, dans un espace trop grand pour eux. C'était fatal, puisque le lycée était bâti, non seulement pour les pensionnaires, mais pour les demi-pensionnaires et les externes qui n'étaient pas là.

Cette impression d'espace trop grand, de vide difficile

à remplir, est celle que m'a produite la ville aussi et que je n'ai jamais pu dissiper complètement, même quand je l'ai mieux connue.

Plus tard, beaucoup plus tard que je ne le pensais, je devais découvrir la place de la Brèche, où ma mère habitait chez le juge Gérondeau, et cette place allait m'expliquer mon impression première.

Elle est plus vaste que n'importe quel endroit public de Caen ou de Cherbourg, aussi vaste, je crois, que Trafalgar Square, à Londres, avec seulement quelques autos, quelques camions qui débouchent, de rares silhouettes perdues dans un paysage démesuré.

Mais, qu'on y arrive un jour de foire, quand les centaines de bestiaux et de chevaux sont attachés aux barres de fer, quand des carrioles attendent tout autour, brancards en l'air, et que les cafés regorgent de paysans affairés, on comprend mieux les proportions et l'atmosphère de la ville.

Les panonceaux de notaires, les quincailleries qui exposent du matériel agricole, les magasins de grains et d'engrais, les marchands de biens, les hommes de loi qui pullulent, tout cela est encore un signe.

La ville n'existe pas par elle-même. Elle est le centre, le noyau d'une importante région semée de fermes et de châteaux, et, entre la campagne et la ville, on voit périodiquement, à dates fixes inscrites sur les calendriers et les almanachs, un puissant mouvement de flux et de reflux.

Cette vérité géographique, je la retrouvai au lycée où, parmi les internes, nous avions surtout des fils de cultivateurs, de marchands de bestiaux, de charcutiers en gros, quelques fils de hobereaux, en plus faible proportion, car leurs parents préféraient pour eux un collège religieux à proximité de la ville. Les externes, eux, qu'on voyait chaque midi et chaque soir franchir à vélo le portail, appartenaient presque tous à des familles de commerçants, de médecins, d'avocats.

Certains étaient d'origine plus humble, fils de contre-maîtres, d'ouvriers, un fils de garde-barrière aussi, qui avait obtenu une bourse et qui, têtu, silencieux, solitaire, s'acharnait à accumuler les premiers prix.

Enfin, dans ma classe, dans mon dortoir, se trouvait un jeune Annamite, beau et mystérieux comme une poupée, que nous appelions Ho, bien que son nom fût en trois mots reliés par des traits d'union.

Je devais rencontrer, dès le premier jour, un des hommes qui ont fait une grande impression sur moi et qui s'appelait Vinauger, encore que, pour nous, il n'eût pas de nom. C'était le surveillant général et, dans la réalité, son rôle était plus important car, bien plus que le censeur et que le secrétaire, il représentait l'autorité, constituait la base même du lycée.

À première vue, c'était un homme quelconque, plutôt gras, la peau luisante, avec de gros yeux derrière des lunettes, des dents mal soignées. Il ne se préoccupait ni de son aspect physique, ni de ses vêtements toujours informes et j'ai été surpris, plus tard, d'apprendre qu'il avait une existence personnelle, une femme, des enfants, une maison dans la périphérie.

Il se tenait au milieu de la cour quand j'y suis entré avec ma mère et, après une hésitation, elle s'est dirigée vers lui, une de mes valises à la main, tandis que je portais l'autre et un paquet ficelé.

Ma mère a commencé par sourire, comme croient devoir sourire les gens d'une certaine classe sociale dans ces circonstances-là, mais lui n'a pas souri, n'a pas eu un mot d'accueil, s'est contenté de la regarder comme un simple objet.

— Je vous amène mon fils Steve, monsieur le provi-seur…

Il corrigea froidement :

— Surveillant général…

Et, désignant du doigt une porte précédée de trois marches :

— Adressez-vous au bureau.

Nous avait-il réellement jaugés tous les deux, ma mère et moi, comme je l'ai pensé alors ? J'en reste persuadé et je ne suis pas loin de lui attribuer un don de pénétration quasi diabolique. Je l'ai revu souvent, au milieu de la cour, au réfectoire, à la salle d'études, au dortoir. J'ai moins entendu sa voix, car il ouvrait rarement la bouche et c'était pour des phrases brèves et définitives.

Une fois seulement, deux ans plus tard, au cours de la distribution des prix, je l'ai surpris à rire en écoutant ce que lui disait la mère d'un élève et j'en ai à peine cru mes yeux.

Les professeurs étaient faillibles. Il arrivait aux surveillants de revenir sur une décision ou de se laisser attendrir. Le proviseur lui-même n'était pas insensible à la visite de certains parents.

Seul M. Vinauger m'a toujours paru incorruptible et omniscient. Il n'expliquait pas, ne discutait pas. Il attrapait un élève au vol, à la récréation, s'adressait d'une voix impersonnelle à un garçon qui mangeait au réfectoire :

— Monsieur Morin, vous ferez deux heures de retenue.

Ce qu'il y a d'extraordinaire et ce qui me troublait, c'est qu'il ne se trompait pas, tout au moins selon ses règles à lui. Je suis persuadé qu'après deux jours il connaissait le caractère des quelque cinquante nouveaux internes et que, d'un coup d'œil, il avait mesuré l'évolution des anciens élèves retour de vacances.

Si j'insiste, c'est que j'ai trouvé des hommes de son espèce ailleurs qu'au lycée, toujours à des postes similaires. Comment la société les déniche-t-elle et s'assure-t-elle qu'ils possèdent les qualités requises ? Je n'ai pas trouvé de réponse à la question, car il ne s'agit pas de qualités dont on peut juger par un concours. Cela tient du flair du chien de chasse, avec, en plus, les caractéristiques du chien de garde et même du chien policier.

Sans le proviseur, les lycées fonctionneraient tant bien que mal, comme les casernes sans les généraux. À un autre étage, les professeurs, comme les capitaines et les lieutenants, sont interchangeables.

Mais au milieu de la cour de toute caserne, il y a un homme qui mesure les soldats selon une jauge invariable. Il sait, du premier coup d'œil, ce qu'ils ont en trop ou en trop peu, ce qui dépasse et ce qui manque, le travail qu'il y aura à faire sur eux pour les ramener à niveau. Ces hommes-là représentent l'esprit de la caserne comme, à Niort, M. Vinauger représentait l'esprit du lycée, comme, dans les administrations, les grands magasins et les usines, le chef du personnel représente l'esprit de l'entreprise.

Or, s'il m'a intrigué, impressionné, je n'ai jamais ressenti la crainte que M. Vinauger inspirait à mes condisciples, ni partagé la haine qu'ils lui vouaient presque tous.

Cela paraîtra peut-être prétentieux mais, tout enfant que j'étais, je l'étudiais de la même façon qu'il nous étudiait et j'exagère à peine en disant que j'essayais de démonter sa mécanique.

Il l'a senti, tout comme ma mère avait senti que je la regardais avec des yeux nouveaux, des yeux qui posaient une question à laquelle elle ne voulait pas, elle ne pouvait pas répondre.

Tandis que ma mère réagissait par une certaine exaspération, par une hostilité presque avouée, M. Vinauger, lui, contre toute attente, répondait par de la curiosité et même par du respect à mon égard.

En quatre ans, nous n'avons pas échangé cinquante vraies phrases ; je suis pourtant sûr de ne pas me tromper en affirmant qu'il existait un lien entre nous.

Il a dû y avoir un moment, je ne sais pas lequel, dès le début, dans la cour, au réfectoire ou ailleurs, où nos regards se sont mesurés. A-t-il compris que je ne céderais pas ? Pourquoi ne s'est-il pas piqué au jeu et ne s'est-il pas fait un point d'honneur, justement, de me réduire à merci, de me réduire au commun dénominateur ?

Au contraire, il a toléré de ma part des infractions à la règle qu'il ne tolérait pas des grands et je l'ai vu hausser imperceptiblement les épaules, sans un mot, en me surprenant en train de fumer dans les urinoirs.

Cela m'ennuierait de penser que, de sa part, c'était de la pitié, d'autant plus que je n'ai jamais sollicité la pitié de personne.

J'ai reçu la visite de ma mère, le premier dimanche, puis encore le second. Le troisième dimanche, seulement, nous sommes allés nous promener dans la ville et, quand j'ai découvert une vaste place que traversaient deux routes nationales, j'ai compris que nous étions place de la Brèche. C'était en novembre, mais le ciel était clair, d'un bleu à la fois doux et pétillant, et le soleil se jouait sur les façades blanches ou jaunes.

Je m'attendais à ce que nous nous arrêtions devant une maison et à ce que ma mère m'en ouvre la porte. Cette maison, je la cherchais des yeux, je m'efforçais de la deviner, mais c'est dans une vaste salle de café, avec des billards dans le fond et des miroirs sur les murs, que ma mère m'a fait entrer.

— Tu veux un chocolat et des brioches ?

Elle ne s'y connaissait pas en enfants, cela se sentait. Elle n'était pas sortie avec moi pour être avec moi, mais pour faire son devoir, et elle se montrait gauche, maladroite, avec une certaine anxiété.

Ce café-là aussi, au plafond supporté par des colonnes, était trop grand pour la ville et ne devait connaître sa vraie vie que les jours de foires ou de ventes à l'encan. Nous étions assis près d'une des baies tendues de rideaux transparents. Je désignai, loin de nous, de l'autre côté de la place, de lourdes maisons à portes cochères bâties depuis plusieurs siècles.

— C'est là ?

Elle cherchait dans son sac un mouchoir parfumé, bordé de dentelle, car elle était enrhumée et, tout en se mouchant, elle faisait signe que oui.

— Laquelle ?

— La troisième en commençant par la gauche.

— La plus grise ?

Celle-là n'était pas peinte en blanc ou en jaune. Elle ne s'étalait pas en largeur, comme la plupart des autres. C'était une maison de pierre, plutôt étroite, en hauteur, dont les fenêtres plus ou moins Renaissance faisaient penser aux maisons des prêtres ou des chanoines près des églises. La porte était garnie de gros clous de fer et, à distance, je croyais voir des vitraux aux fenêtres du rez-de-chaussée.

Je ne me trompais pas. Si j'étais déçu, c'était de ne pas avoir de surprise, de découvrir la maison telle que je m'attendais à la découvrir. Pour ne pas rester silencieux, j'ai demandé :

— Il y a combien de pièces ?

— Je ne sais pas. Peut-être douze ? Treize ? Je ne les ai pas comptées.

Elle ne m'a pas dit pourquoi elle ne m'y conduisait pas. Ni elle, ni moi, n'avons prononcé le nom du juge à qui nous pensions tous les deux. Ma mère savait que je savais, que j'avais fatalement surpris des commentaires de ses sœurs. Ce que je ne comprenais pas encore, c'était la raison pour laquelle elle m'avait fait venir, car nous ne jouions ni l'un ni l'autre la comédie, elle ne me parlait pas de son affection, de son désir de m'avoir près d'elle et je ne lui avais témoigné aucune joie à mon arrivée à Niort.

Nous n'étions pas en guerre. Rien de précis ne nous séparait. Ma mère ne pouvait pas avoir deviné ma déception quand elle avait cessé de ressembler à ma tante Louise.

Sept ou huit fois encore, au cours de l'hiver, elle est venue me chercher le dimanche. Certaines fois, nous déjeunions ensemble, à la même brasserie de la place de la Brèche, toujours trop grande pour nous, où nous n'avions rien à nous dire et dont je me rappelle surtout le bruit caractéristique des billes de billard qui s'entrechoquaient.

Une fois, j'ai annoncé :

— Dimanche prochain, je suis invité chez un camarade dont c'est l'anniversaire.

— Qui est-ce ?

— Lepage, le marchand de chaussures.

C'était vrai. Lepage n'était pas mon ami, mais nous étions dans la même classe et ses parents lui avaient recommandé d'inviter de préférence des internes qui n'avaient pas l'occasion de se distraire. Son prénom était Armand et il avait une tête de plus que nous tous. Il est vrai qu'il avait deux ans de plus aussi et il portait déjà des longs pantalons. J'ignorais ce qui, en lui, me gênait. Je l'ai appris à l'occasion de cet anniversaire. On nous avait laissés disposer de la maison, y compris de l'arrière-magasin découpé en un certain nombre de cellules par des rayonnages. Dans une de ces cases, à un moment donné, je suis tombé sur Lepage et l'Annamite. Lepage m'a souri, goguenard, du défi dans les yeux, tandis que Ho paraissait un peu triste.

Je ne sais pas ce que Ho est devenu mais, avant la seconde guerre, vers 1938 ou 1939, Lepage était chef de cabinet d'un ministre et, après la Libération, il a occupé un poste officiel à l'étranger.

— Si tu n'as pas de retenue, jeudi, viens goûter place de la Brèche.

Elle n'avait pas dit « à la maison », mais je ne me suis pas mépris et je n'ai pas pensé un instant au Café des Colonnes.

— À quelle heure ?

— Vers trois ou quatre heures. Quand tu seras libre.

C'était en février et, si l'air était froid, le ciel était aussi clair que par un jour de printemps. Cela me déplaisait, car j'avais décidé que tout serait contre moi ce jour-là, le temps maussade, avec de la pluie, du vent, tout au moins les nuages bas et menaçants.

N'est-ce pas ainsi que j'avais imaginé Niort avant d'y mettre les pieds ? On m'avait fait attendre quatre mois et je me demandais, hargneux, si pendant ces quatre mois j'avais été mis en quelque sorte en observation. Était-il arrivé à M. Gérondeau de m'apercevoir dans la cour du lycée, ou de me croiser à mon insu les jours où je sortais avec ma mère ? En tant que notable de la ville, il entretenait peut-être des relations avec le proviseur. Qui sait s'il n'avait pas interrogé celui-ci sur mon compte ?

Il me paraît étrange, à distance, que j'aie attaché tant d'importance à cet homme, avant de le connaître, alors que j'avais, par exemple, prêté assez peu d'attention à mon père et que je ne m'occupais guère de ses faits et gestes. Cela tenait-il à mon dépit, parce que inconsciemment je l'accusais de m'avoir volé ma mère, d'avoir fait d'elle un être différent, avec qui je ne me sentais plus aucun contact, pour qui j'éprouvais même une certaine aversion ?

Il paraît que, la nuit du mercredi au jeudi, j'ai parlé

pendant mon sommeil et qu'à certain moment je me suis débattu comme un homme qu'on attaque. Ce sont mes voisins de lit qui me l'ont dit, ajoutant que ce n'était pas la première fois que je prononçais ainsi à mi-voix des paroles inintelligibles.

J'ai failli faire une toilette plus soignée que d'habitude. Au dernier moment, par défi, j'ai passé les doigts dans mes cheveux trop bien peignés et j'ai dérangé le nœud de ma cravate.

À trois heures, j'étais place de la Brèche. Je suis allé faire un tour dans les rues avoisinantes et me suis longtemps arrêté à la vitrine d'un antiquaire, de sorte qu'à trois heures vingt, seulement, j'ai gravi les deux premières marches du seuil et pressé le timbre électrique.

J'avais l'œil à hauteur de la serrure, mais je ne vis rien d'autre qu'une clarté plus vive quand on ouvrit une porte, puis une silhouette qui, en s'approchant, remplit tout le champ.

J'ai entendu qu'on tirait un verrou, ce qui m'a paru caractéristique. Le lourd panneau de chêne clouté s'est écarté sur ma mère, vêtue de noir, qui portait un tablier blanc entouré d'un volant de broderie. Elle paraissait aussi embarrassée que moi.

— Entre, a-t-elle murmuré comme pour m'indiquer que nous n'étions pas seuls dans la maison et que je ne devais pas faire de bruit.

J'avais vu, chez mon ami Prieur, à Caen, les mêmes marches de marbre dans le vestibule, la même porte vitrée flanquée d'une plante verte et, à gauche, deux hautes portes de chêne foncé. Ce qui me surprenait, ici, c'était la qualité du silence, une quiétude si épaisse qu'elle faisait penser à l'éternité.

La cuisine, pourtant, était claire, et les fenêtres donnaient sur un espace moitié cour, moitié jardin, où il y avait déjà des bourgeons sur les lilas et où des chemises d'homme, des caleçons longs séchaient sur une corde.

— Débarrasse-toi.

Je comprenais qu'il n'y avait pas de vrai travail en train, que ma mère m'attendait, que la corbeille à ouvrage, sur la table où rien ne traînait, n'était là que comme alibi. Une grande cuisinière bien polie répandait une chaleur douceâtre et un chat roux à longs poils était paresseusement lové sur une chaise à fond de paille.

Nous n'avions rien à nous dire. Nous savions l'un et l'autre que nous n'étions pas ici pour parler. Le café était préparé. Sur un plateau, dans le placard, il y avait des biscuits aux amandes que ma mère avait dû faire elle-même, car ils ne ressemblaient pas à ceux qu'on trouve dans les pâtisseries.

— Tu as faim ?

Je ne sais plus si j'ai répondu oui ou non, mais je la revois mettant une nappe à carreaux rouges sur une moitié de la table, une tasse, une assiette, un seul couvert.

— M. Gérondeau a envie de faire ta connaissance. Tout à l'heure, je te présenterai.

— Où est-il ?

Elle a désigné du doigt les pièces du rez-de-chaussée d'où ne venait aucun bruit et où, dès mon entrée dans la maison, j'avais soupçonné une présence.

J'ai mangé deux gâteaux, par contenance, surtout pour ne pas rendre la situation plus difficile. J'ai bu une tasse de café au lait.

— Je vais lui annoncer que tu es ici.

Comme s'il ne le savait pas ! Comme s'il n'avait pas entendu la sonnerie de la porte ! Elle m'a laissé seul un bon moment et je regardais autour de moi cette cuisine si différente de celle de mes tantes ou de celle de mon père, à Tattenham Corner. Celle-ci n'était pas faite pour qu'une famille s'y réunisse et, au-dessus de la porte, les petits disques d'un tableau indiquaient la pièce où on avait sonné la servante. Les casseroles de cuivre, les turbotières, les tourtières, les moules à gaufres et à gâteau, différents de tout ce que je connaissais, étaient aussi comme des signes d'un genre différent d'existence.

Ma mère revenait et j'ai eu l'impression que, d'un bref regard, elle me suppliait de ne pas me raidir, de rester au moins neutre. C'était superflu, car je n'avais pas l'intention de me montrer agressif et, l'aurais-je voulu, que je ne l'aurais pas pu, car j'étais réellement impressionné.

C'était la seconde porte que ma mère ouvrait, celle de la pièce qui donnait sur la place et qui avait des vitraux aux fenêtres. À cause de ces vitraux, il y régnait une lumière mystérieuse et, dans une sorte d'aura, je vis un homme chauve, au visage très long, qui, assis à son bureau, se tournait vers moi.

Était-il gêné, lui aussi, par le rôle qu'il jouait dans la comédie ? Car c'en était une. Nous le savions tous les trois. Ni l'un ni l'autre n'en était fier.

— Entrez, jeune homme.

Je n'osais pas tendre la main le premier. Il me tendait la sienne, une main longue et osseuse comme son visage, avec quelques poils soyeux.

— Ainsi, vous voici au lycée de Niort…

Étais-je censé n'y être arrivé que de quelques jours ou m'y trouver depuis la rentrée des classes ? Je n'en savais rien et, par crainte de commettre une gaffe, je me taisais.

— Le proviseur est-il toujours un certain Bourillon ?

Je faisais non de la tête, ouvrais la bouche. Il me devançait.

— Je confonds. Bourillon a pris sa retraite il y a trois ans et ils ont nommé un jeune qui vient, si je ne me trompe, de Montpellier. Il paraît qu'il est très bien, énergique, encore que certains lui reprochent de se mêler un peu trop de politique.

Je ne m'étais pas rendu compte que ma mère avait disparu, ni que je restais debout au milieu du tapis dans la pose, justement, que j'aurais eue chez le proviseur.

— Quel âge avez-vous ?

— Treize ans. Pas tout à fait. J'aurai treize ans le mois prochain.

Sur la cheminée de marbre, dans laquelle flambaient des bûches, je suivais des yeux le balancier d'une pendule en bronze. J'avais remarqué que l'index de M. Gérondeau était bruni par les cigarettes, qu'un cendrier, sur le bureau, était plein de mégots, dont l'un fumait encore. Je vis les longs doigts saisir, en tremblant un peu, une nouvelle cigarette dans un coffret en argent, l'allumer. Le haut du crâne seul était dénudé, très lisse, très blanc, mais les cheveux, sur les côtés, étaient encore longs et sombres.

— Eh ! bien, jeune homme, maintenant que vous connaissez la maison, j'espère avoir l'occasion de vous y revoir.

Je me suis demandé un instant s'il allait presser le timbre électrique qui se trouvait sur le bureau pour appeler ma mère. Il ne l'a pas fait. Je suis sorti seul. J'ai refermé la porte. Si j'avais eu mon pardessus et mon chapeau, j'aurais peut-être gagné la rue, sans trop savoir pourquoi, mais force m'a été de retourner dans la cuisine.

— Il a été aimable ?

Pour quelle raison se serait-il montré désagréable à mon égard ?

Ma mère poursuivait :

— C'est un homme très intelligent et cultivé qui appartient à une des plus vieilles familles du pays.

J'avais aperçu des portraits à l'huile dans le bureau, cinq au moins, car la pièce était spacieuse, haute de plafond, avec des moulures et des panneaux de bois sculpté. J'ai su plus tard que la maison du juge était un véritable musée, que chaque meuble, chaque objet était connu des antiquaires et des amateurs. Certaines choses étaient à la même place depuis plusieurs générations, depuis l'époque du Gérondeau à perruque que j'avais vu sur le mur de gauche et qui était aussi magistrat.

— Il faut que je retourne au lycée.

— Va !

J'ai frôlé des lèvres le front de ma mère, comme d'habitude, alors que j'embrassais mes tantes sur les deux joues. Dans la rue, je me suis mis à marcher vite et, à un moment donné, parce que j'avais besoin coûte que coûte de faire une bêtise, j'ai tiré une sonnette et je me suis enfui en courant.

Je voudrais me débarrasser très vite de Niort, de tout ce que j'ai appris avec le temps, de ce que j'ai deviné, des vérités que j'ai reconstituées.

À la base réside une tricherie à laquelle je n'avais jamais pensé et que ma tante Clémence m'a révélée plus tard en se coupant. Jusqu'alors, j'ai ignoré que mon père, lors du divorce, s'était engagé à subvenir à mes besoins et à mon éducation. Cela faisait-il partie de la punition qu'il s'infligeait à lui-même ? Toujours est-il que cet homme modeste et besogneux n'a jamais manqué, jusqu'à ma majorité, d'envoyer à ma mère un mandat mensuel.

Ma mère se méfiait-elle ? Craignait-elle de voir cesser ces versements ? Je n'en suis pas sûr. À vrai dire, je ne le crois pas. Je suis plutôt enclin à penser que, si elle avait désiré si farouchement, pendant un temps, devenir propriétaire d'un café, d'un bar ou d'un restaurant, c'est parce que, toute jeune, elle y avait vu l'argent entrer, avec une aisance qui lui semblait merveilleuse, dans le tiroir-caisse.

Toutes mes tantes ont connu le même besoin de sécurité et, par le fait, la même volonté d'amasser. Chez ma mère, le jour où elle a quitté Cherbourg et renoncé à d'autres espoirs, c'est devenu une idée fixe.

Je sais aujourd'hui ce qui l'a conduite à Niort. Curieusement, elle a gardé l'annonce dans une boîte à bonbons où elle conserve de vieilles lettres, des photographies, ma première mèche de cheveux et ma première dent.

Magist. célibat. Niort cherch. cuis. jeune, act.,
gaie pour ten. mais. Tr. b. gages si sér.
Écr. bur. journ. L.8167.

J'en ai parlé il y a quelques années à un psychiatre de mes connaissances et j'ai constaté que l'enfant que j'étais avait senti d'instinct ce qu'il y avait d'insolite, d'équivoque, dans la maison de la place de la Brèche. En lisant l'annonce, dans un journal répandu en Bretagne et en Normandie, ma mère ne s'y est pas trompée. Elle a su quel rôle l'attendait chez un solitaire. Et elle a dû s'exagérer les possibilités qu'une telle situation présentait, et surtout l'influence qu'elle prendrait sur le juge.

Elle a mis quatre mois à obtenir de me présenter à lui. Ensuite, il y a eu un grand vide, un silence comme si j'avais cessé d'exister. Ma mère est restée des semaines sans venir au lycée, s'excusant par de courts billets, mettant son absence sur le compte de la grippe, puis du nettoyage de printemps.

J'ignore si le juge a fini par payer ma pension, par la payer une deuxième fois, puisque mon père la payait déjà. Cela faisait partie du plan. Ce n'en était que le point de départ. M. Gérondeau n'avait ni frère ni sœur et son plus proche parent était un cousin, qui avait épousé une jeune fille protestante de Nîmes où il était devenu propriétaire d'un grand garage. Le cousin avait deux enfants, un garçon et une fille, mais c'est à peine si, entre Nîmes et Niort, s'échangeaient des vœux de Nouvel An.

Au moment où on me faisait venir dans les Deux-Sèvres, le juge, à cinquante-deux ans, possédait une dizaine de fermes, entre La Roche-sur-Yon et La Rochelle, dont un herbage de cent hectares dans le marais.

Sa mère, avec qui il avait vécu, était morte cinq ans plus tôt, le laissant seul avec une gouvernante presque invalide qui l'avait vu naître et qu'il avait fallu, un jour, envoyer à l'hospice.

J'ai obtenu, je préfère ne pas révéler comment, des renseignements qui éclairent le mystère Gérondeau. Les maisons closes existaient encore à cette époque et on en comptait deux à Niort, l'une pour la troupe et les paysans de passage, l'autre, d'une classe supérieure, où les sous-officiers eux-mêmes n'étaient pas admis. C'est dans celle-ci que le juge se rendait régulièrement du vivant de sa mère, la nuit tombée, s'entourant de précautions restées légendaires. Il s'annonçait téléphoniquement pour une certaine heure, donnait un prénom convenu, qui n'était pas le sien, frappait à la porte d'une façon particulière et montait directement dans une chambre sans passer devant la salle commune.

Pendant des années, il n'y a rencontré qu'une seule femme, refusant de voir les autres, et, comme par hasard, elle avait certains traits communs avec ma mère.

La magistrature n'était pour lui, comme elle l'avait été pour son père et son grand-père, qu'une coquetterie, peut-être une sorte de devoir social qu'il remplissait avec conscience. Son véritable intérêt était ailleurs. Jeune homme, il avait rêvé d'entrer à l'École des chartes, et si son père l'en avait empêché, l'obligeant à faire son droit, c'est parce que leurs terres étaient en Vendée et dans les Deux-Sèvres et qu'on ne concevait pas un Gérondeau archiviste départemental.

Le bureau aux lambris sombres, la chambre tapissée de livres n'en contenaient pas moins plus d'ouvrages sur les blasons, les armoiries ou les origines des grandes familles que de traités juridiques.

Ma mère, en somme, remplaçait trois personnes à la fois : la mère défunte, la vieille gouvernante et la pensionnaire de maison close que le juge n'avait plus besoin de visiter.

— Ces hommes-là, me disait le psychiatre, beaucoup plus nombreux qu'on ne pense, sont des demi-impuissants que leur timidité empêche d'avoir des relations sexuelles dans des conditions normales. Mariés, ils auraient peur de leur femme, peur d'un sourire, du ridicule, d'un échec. Avec des partenaires d'une classe inférieure, qui n'ont pas d'importance à leurs yeux, il leur arrive, dans certaines conditions…

Même avant cette conversation, même enfant, je soupçonnais que ma mère n'avait jamais couché dans le lit à baldaquin, aux rideaux de velours armorié, entrevu dans la chambre du premier étage. Je ne pense pas non plus que le juge Gérondeau soit allé la retrouver dans la chambre de bonne, au lit de fer, au lavabo d'ancien modèle dont le marbre était ébréché, qu'elle a toujours occupée.

Trois après-midi par semaine, une femme de ménage venait donner un coup de main pour les gros travaux. Le reste du temps, dans la maison de douze pièces, pleine de meubles rares et d'objets de collection, de placards et de recoins mystérieux, ils étaient deux à vivre, dans le silence, retranchés du monde par la porte à clous et par les vitraux des fenêtres.

Pendant quatre ans, ma mère a manœuvré de toutes les façons pour me faire entrer dans ce sanctuaire, pour que j'y aie ma chambre, peu importe à quel étage, mon couvert, que ce soit à la cuisine ou à la salle à manger.

Elle n'a pas compris pourquoi je résistais et, jusqu'au bout, elle s'est efforcée de vaincre ma répugnance en feignant de l'ignorer. Elle ne semble pas avoir compris davantage pourquoi Gérondeau, de son côté, faisait la sourde oreille.

À plus forte raison n'a-t-elle jamais compris la complicité muette et triste qui s'était établie entre le juge et moi.

5

À la rentrée d'octobre, en 1923, je crois bien que le sort de mes études était décidé. Je ne le savais pas encore. Je ne faisais que le pressentir et quelqu'un d'autre l'a pressenti en même temps que moi, peut-être avant moi, je veux parler de M. Vinauger, le surveillant général.

Je n'étais pas le premier à lâcher. Chaque année, dès la sixième, surtout à partir de la quatrième, il y avait un certain nombre d'élèves à quitter le lycée, et tous n'en donnaient pas la vraie raison. D'ailleurs, les raisons n'étaient pas identiques pour chacun, encore que les phénomènes précurseurs fussent semblables. La discipline, soudain, la routine de la vie du lycée, l'effort quotidien, de chaque heure, devenaient insupportables. Les professeurs, les camarades de la veille prenaient figure d'étrangers, sinon d'ennemis. Le lycée n'était plus une école, mais une prison, et tout paraissait préférable à sa règle.

M. Vinauger en avait plus l'expérience que moi. Beaucoup lui prêtaient une férocité perverse que des élèves et certains des parents attribuaient au fait que, mal payé, peinant pour joindre les deux bouts, il jalousait les fils de bourgeois ou de cultivateurs aisés et s'ingéniait à leur mettre des bâtons dans les roues.

Je jurerais, au contraire, qu'à chaque nouvelle défection, il y avait chez cet homme l'amertume du prêtre qui voit une de ses ouailles s'éloigner de l'église. À ses yeux, quitter le lycée et ses buts, n'était-ce pas l'équivalent de perdre la foi ?

Il n'était pas dupe des excuses, des accusations portées contre tel ou tel professeur qui, par son incompréhension, aurait découragé un enfant. Les parents les plus riches ou les moins avertis envoyaient leur fils dans un autre établissement, puis dans un autre encore, sans se rendre compte que le fil était coupé à jamais.

J'ai observé le phénomène, quatre années durant, non avec les yeux d'un professionnel, mais avec ceux d'un enfant. Pour les garçons qui lâchaient vers la quatrième ou la troisième, c'était généralement la puberté qui les travaillait, les faisant, en l'espace de quelques semaines, des êtres différents, avec des aspirations différentes.

Ils avaient voulu devenir – ou on avait voulu qu'ils deviennent – médecins, avocats, professeurs, et, tout à coup, rien que de regarder la vie du dehors par la fenêtre ouverte de la classe, ils sentaient l'appel de la rue, de la foule, de la vie, non pas pour dans huit ans ou dans dix ans, mais pour tout de suite.

D'autres, au contraire, jusqu'alors excellents élèves, s'enlisaient dans une paresse infantile et ne concevaient plus la nécessité d'apprendre, repliés qu'ils étaient sur leur vie animale.

M. Vinauger n'a rien dit. Cela n'aurait servi à rien. Il ne s'était jamais bercé d'illusions à mon sujet. Sans doute a-t-il été plutôt surpris que je tienne le coup si longtemps, avec, à chaque fin d'année, des notes égales et fort honorables.

Ce que j'ai raconté jusqu'ici pourrait laisser supposer que ma vie, mes préoccupations, mes pensées étaient différentes de celles d'un garçon de mon âge. Il n'en est rien mais, en mettant l'accent sur les faits saillants, on risque de faire oublier la routine quotidienne.

Je jouais comme les autres. J'appartenais à l'équipe de

football. Je lisais beaucoup, parfois jusqu'à deux livres par jour. J'avais d'abord découvert Walter Scott, vers douze ans, si je me souviens bien, et j'avais eu la chance de trouver son œuvre complète, en anglais, avec des gravures d'époque, à la bibliothèque du lycée. Pendant deux ans, je n'ai lu pour ainsi dire qu'en anglais, Dickens après Walter Scott, puis Stevenson, Byron ensuite, pour passer sans transition à Bernard Shaw. Ce n'est que plus tard, alors que nous étudiions les classiques français, que je me suis plongé dans Balzac.

À force de s'espacer, les rapports avaient pratiquement cessé entre moi et la place de la Brèche, ce qui ne signifie pas que ma mère avait renoncé, sinon à faire de moi l'héritier présomptif du juge Gérondeau, tout au moins à l'intéresser à mon avenir.

Plus tard, elle a changé ses batteries et le grand objectif de sa vie est devenu de voir son nom couché sur un testament.

Je ne me rappelle pas à quelle date M. Gérondeau est mort, dans les couloirs du palais, où il a été pris d'un malaise subit, mais il était fort âgé. À la retraite depuis longtemps, on lui avait donné je ne sais quel honorariat et il continuait à hanter le Palais de Justice.

Ma vie, à cette époque, était ailleurs, et je n'ai eu que des échos de ce qui s'est passé, de la lutte entreprise par ma mère contre les héritiers, qui a donné lieu à un procès interminable.

Comme on n'avait pas retrouvé de testament, le fils et la fille du cousin de Nîmes avaient été mis en possession de l'héritage. Ma mère prétendait qu'elle avait vu un testament de ses yeux et que ce testament lui laissait une partie des biens.

Elle n'a pas hésité à attaquer en justice et l'affaire a été des plus troubles, un homme de loi assez véreux s'en est mêlé, d'abord du côté de ma mère, puis contre elle, et il a été question de faux témoignages, car une femme de ménage, appelée par ma mère à la barre, avait affirmé sous serment qu'elle avait contresigné le testament.

On discuta aussi du voyage d'un des héritiers à Niort quelques semaines avant la mort du juge. Ma mère affirmait que c'était à ce moment que le testament avait disparu. Le petit cousin, qui avait repris le garage de son père et qui en avait monté un autre à Marseille et un à Aix, ripostait que son parent lui avait dit, excédé :

— Si seulement tu pouvais me débarrasser de cette harpie !

Tout cela s'était dit à l'audience, et bien d'autres répliques dont les journaux locaux s'étaient fait l'écho.

— Pourquoi ne la flanquez-vous pas à la porte ?

— Tu ne peux pas comprendre. Elle me tient !

L'affaire s'était compliquée du fait que les héritiers, contre-attaquant, avaient porté plainte à leur tour pour détournement.

Il s'agissait, entre autres, d'un paquet d'actions au porteur qui aurait dû se trouver dans un certain tiroir et d'une tabatière en or, du XVIIIᵉ siècle, retrouvée chez un antiquaire de Paris, sans qu'il fût possible d'établir ni quand ni par quelle voie elle avait abouti là.

De juridiction en juridiction, d'appel en appel, de Niort à Poitiers et à Paris, la procédure a duré plus de quatre ans et j'ignore, je préfère ignorer qui, en fin de compte, a cédé, et comment et pourquoi. Je ne pense pas que ce soit ma mère, car elle vit toujours, toujours à Niort et non en Normandie comme on aurait pu s'y attendre, et elle ne manque de rien.

Je ne prévoyais pas encore que, en ce qui me concernait, cette année scolaire 1924-1925 était la dernière et que, une fois parti, je ne remettrais plus de ma vie les pieds dans la ville de Niort.

Mes dernières vacances étaient-elles la cause initiale de ma décision ? C'est possible. Et M. Vinauger l'a soupçonné car c'est dès le jour de la rentrée, ou dès

le lendemain, qu'il m'a regardé d'une façon interro-
gative.

Deux fois, depuis que j'étais au lycée, j'avais passé
une partie de mes vacances en Angleterre, une fois à
Tattenham Corner, l'autre à Brighton, au bord de la
mer, où mon père avait loué deux pièces dans une villa
et où les enfants dormaient dans des lits de camp.

Cette fois-là, je crois que nous nous sommes regardés,
mon père et moi, en nous demandant pourquoi nous
nous trouvions ensemble. Il était possible que je sois
réellement son fils. Ma mère le prétendait, mais j'avais
de moins en moins confiance dans les affirmations de
ma mère.

Wilbur, à côté de moi, était un authentique Adams,
élevé comme un Adams, réagissant à la façon d'un habi-
tant de Tattenham Corner et, en outre, il y avait Nancy
et Bonnie qui étaient devenues de grandes filles.

Je me devais de ne plus les déranger. En juillet, donc,
j'avais reçu de Wilbur une carte postale du Touquet avec
ces mots au dos :

Having fun here. Won't you come ?

La livre anglaise était au plus haut, le franc au plus
bas et les Adams en profitaient pour s'offrir de longues
vacances sur le continent.

Je ne suis pas allé les voir. Une seule valise à la main,
un peu d'argent en poche, voyageant en troisième classe
et le plus souvent dans des petits trains locaux, j'ai fait
la tournée de mes tantes. Est-ce que je savais que c'était
surtout Louise que je voulais revoir et que les autres ne
constituaient qu'un alibi ? Peu importe. J'ai commencé
par Cherbourg où, chez les Pajon, j'ai trouvé l'atmosphère changée.

Ma tante Clémence, qui avait beaucoup grossi, se
plaignait, depuis son dernier enfant, d'une douleur dans

le ventre. Elle avait consulté plusieurs médecins. L'un d'eux voulait l'opérer et cela lui faisait peur.

— Tu comprends, Steve, s'il m'arrivait quelque chose, que deviendraient mon mari et les enfants ?

On commençait à me parler comme à une grande personne et il a été question d'ovaires et de matrice. La maison, trop neuve, trop fraîchement meublée jadis, avait pris sa patine, son vrai poids, son atmosphère. Ce n'était plus une maison anonyme et on y sentait des habitudes, des rites, tout ce qui fait peu à peu la tradition d'une famille.

— Tu comptes aller voir ta grand-mère ?

Je n'avais pas l'intention de passer par Saint-Saturnin, où il y avait plus d'un an que mon grand-père s'était pendu. Je ne me sentais aucun lien avec ma grand-mère. Peut-être, si elle avait été morte aussi, serais-je allé revoir le tonneau, le pommier, la cabane à lapins ?

— Elle est extraordinaire, Steve. Contrairement à ce que tout le monde craignait, elle a magnifiquement tenu le coup. On dirait qu'elle est plus jeune et plus alerte que jamais. Elle a refusé de s'installer chez l'une de nous, prétendant qu'elle est mieux là-bas, seule dans sa petite maison où elle vient de faire mettre l'électricité. De temps en temps, elle passe un jour ou deux ici, puis elle va à Caen, chez Béatrice ou chez Lucien, dont la femme a eu des jumeaux. Est-ce que ta mère te l'a dit ?

J'avais encore une tante, Raymonde, que je connaissais à peine parce qu'elle avait suivi une voie différente des autres. Elle avait travaillé un certain temps à Bayeux chez les bonnes sœurs. Je suppose que ce sont celles-ci qui l'ont aidée à passer son examen d'infirmière. Toujours est-il que, pendant trois ou quatre ans, elle a été infirmière à l'hôpital de Caen, puis du Havre, et il a été question de mariage.

Celui-ci ne s'est pas fait, puisque Raymonde est

retournée chez les religieuses, non plus à Bayeux, mais à la maison mère de Lisieux.

— Elle ne se décide pas à prendre le voile. Quand je lui en ai parlé, elle m'a répondu, avec cet air qui lui est venu de nous reconnaître à peine :

» — À quoi bon ? Je suis heureuse ainsi. Je leur dois tout et je préfère rester leur servante…

Il n'y a pas que sa santé pour tracasser Clémence. Mon oncle l'inquiète aussi et, bien que je l'aie à peine vu au cours de ma visite, je l'ai trouvé changé. Physiquement, il s'est étoffé, devenant plus large d'épaules, plus carré, avec une assurance, un air d'autorité que je ne lui connaissais pas. Il ne bricole plus, n'assiste plus, le dimanche, aux matches de football. Nommé secrétaire du syndicat, il prend ses fonctions à cœur et consacre tout son temps libre à sa permanence.

— Cela lui est venu d'un coup, il y a deux ans, au cours de la dernière grève. J'ai essayé de le retenir, de lui faire comprendre que ce n'était pas le moment, alors qu'il venait d'être nommé chef d'atelier, de se lancer dans la politique…

Tout ce qu'il m'a dit, quand il est rentré d'un meeting, à onze heures et demie du soir, et qu'il nous a trouvés, ma tante et moi, qui l'attendions dans la cuisine, a été :

— Toujours au lycée ?

J'ai dit oui et il m'a regardé un instant en haussant imperceptiblement les épaules. Cela pouvait signifier :

— Il en faut aussi.

Ou peut-être :

— Un de perdu !

Je ne suis resté que vingt-quatre heures à Cherbourg. J'avais hâte d'être à Port-en-Bessin et j'avais prévenu tante Louise de mon arrivée. Je savais que j'allais la retrouver mariée, derrière la caisse de l'Hôtel des Flots, car la première femme de Léon était enfin morte et ma tante avait pris sa place.

L'hôtel, qui n'était auparavant qu'une auberge fréquentée par les pêcheurs du pays, avait déjà été en partie remis à neuf et la façade peinte en bleu pâle. La salle à manger était bleue aussi, les nappes à carreaux bleus sur les tables, la clientèle composée de petites gens, surtout des familles de cheminots, j'ignore pourquoi, beaucoup venant de la gare de triage de Juvisy.

Louise avait moins changé que Clémence et, à trente ans, c'est à peine si ses formes s'étaient un peu arrondies. Ce qui n'avait pas changé du tout, c'était sa bouche, qui m'avait toujours frappé, et surtout son regard à la fois ironique et provocant.

Devenue patronne, elle continuait à porter une robe noire comme les serveuses, à la différence que la sienne était en soie. C'était l'époque des robes très courtes, toutes droites, et les femmes commençaient à se faire couper les cheveux. Ceux de ma tante, bruns et lourds, lui retombaient sans cesse sur la figure, qu'elle avait toujours aussi pâle, bien que vivant toute l'année au bord de la mer, et elle les rejetait en arrière d'un mouvement caractéristique de la tête.

À Saint-Saturnin, elle ne fumait pas, ou c'était en cachette. Maintenant, elle avait toute la journée une cigarette aux lèvres et la fumée l'obligeait à plisser les paupières.

— Qu'est-ce que tu deviens, Bobo ?

Elle était la seule à me rappeler mon surnom de bébé.

— Tu n'as pas vu Léon ? Attends qu'il remonte de la cave.

La trappe était ouverte derrière le comptoir. Léon ne tardait pas à émerger, des bouteilles à la main, aussi lourd, aussi pataud qu'un veau marin, avec trois bourrelets de chair cramoisie à la nuque.

— Salut, jeune homme ! Alors ? Ta garce de tante a fini par avoir ce qu'elle voulait...

Sa vulgarité, la crudité de son langage et de ses gestes étaient trop exagérées pour être naturelles. Il le faisait exprès, comme aussi de rouler comiquement de gros yeux, de laisser glisser son pantalon sur son énorme ventre pour le remonter, d'un mouvement crapuleux, au dernier moment. Il s'était créé un personnage qui était, en somme, son propre personnage poussé à l'extrême, à la caricature, et cela lui avait réussi dans son commerce, on allait chez Léon parce que c'était devenu un type, on attendait son numéro, ses obscénités accompagnées de clins d'œil et d'un rire abdominal.

Or, je n'en voulais pas à ma tante. Je n'étais pas déçu. À Niort, dans la maison de Gérondeau et de ma mère, je me sentais humilié et comme coupable. Ici, à Port-en-Bessin, si je devais me forcer pour sourire aux saillies de Léon, je n'associais pas ma tante Louise à sa personne.

Les dix chambres étaient occupées, certaines par des familles entières, avec des lits pliants qu'on dressait le soir pour les enfants, et on m'avait attribué une mansarde qu'on atteignait par une échelle de meunier.

La mansarde voisine, au plafond encore plus en pente que dans la mienne, et large à peine de deux mètres, était habitée, la nuit, par une fille d'une quinzaine d'années prénommée Olga.

Dès le matin de mon arrivée, je l'avais aperçue dans la cour, sur un tabouret bas, occupée à éplucher des pommes de terre qu'elle laissait tomber une à une dans un seau.

J'ai dit que cette année-là les robes étaient courtes et droites. Celle d'Olga, d'un rose bonbon, lui arrivait à peine aux genoux et, les jambes écartées des deux côtés du seau, il était indifférent à la fille de montrer ses cuisses.

Au lavage, en outre, la robe avait dû rétrécir et Olga était boulotte comme les filles le sont souvent à son âge, avec des seins plus développés que le reste du corps. Le soleil tombait d'aplomb sur elle. Il faisait chaud. Une odeur de friture venait de la cuisine.

Tout ce que j'essaie de décrire ne m'a frappé que l'espace de quelques secondes. Nous sortions, ma tante et moi, de l'ombre fraîche de l'arrière-salle. Ma tante, me faisant les honneurs de la maison, venait de me présenter au chef, un grand garçon maigre qui portait une toque blanche et un tablier sale.

— Ça, c'est Olga...

Mon regard avait eu le temps de parcourir la fille en rose, ses jambes nues, ses genoux écartés, la perspective de ses cuisses. Ma tante a compris aussi vite que moi, plus vite que moi, ce qui se passait, pourquoi je rougissais, et je me souviendrai toujours de son sourire, du pétillement de ses yeux.

— Mon neveu, Olga !

— Oui, madame.

— Il va coucher là-haut, à côté de toi.

— Oui, madame.

La fille était du même rose fondant que sa robe, avec des yeux bleus, des cheveux de deux tons, blond clair sur le dessus, couleur bronze en dessous.

— Sais-tu que c'est moi qui lui ai donné le biberon et qui lui changeais ses couches ?

Je suis persuadé que ce qui s'est passé à Port-en-Bessin est quelque chose de très complexe, de très subtil, qui a eu, pour moi, une assez grande importance. Il est possible que je me trompe, que j'attribue à ma tante des sentiments, des intentions qu'elle n'a pas eus, mais j'en serais étonné.

À quinze ans et demi, contrairement à beaucoup de mes camarades, je ne m'étais encore livré à aucune expérience sexuelle. Un jour de foire, à Niort, alors que, j'ignore pourquoi, nous avions congé, j'avais suivi assez longtemps une des filles qui rôdent aux alentours des

cafés pleins de marchands de bestiaux et de cultivateurs.

Je connaissais le prix. J'avais l'argent en poche et je
le serrais même dans ma main.

J'étais décidé à en finir avec ce que je considérais
comme une infériorité. La fille passait de l'obscurité à la
lumière, marquant chaque fois un temps d'arrêt sous le
même bec de gaz, à moins de cent mètres d'un globe électrique sur lequel on lisait le mot hôtel en lettres noires.

Un ivrogne, en l'accostant, m'a fait renoncer, et je
suis heureux de ce hasard, car Port-en-Bessin n'aurait
pas eu la même signification.

Toute la journée, entre ma tante et moi, il y a eu
comme une question en suspens, qui devenait plus précise dans les yeux de Louise chaque fois qu'Olga surve-
nait, débraillée et indifférente.

Une transposition, une substitution s'est-elle produite ? Cela ressemblait à un courant qui allait de moi
à ma tante, de ma tante à moi, que nous détournions
chaque fois sur la fille à la robe rose et aux gros seins.

Il ne se produisait évidemment que par intermittence,
car je suis allé visiter le port, je m'y suis baigné, plon-
geant d'un bateau de pêche qui venait de rentrer et qui
m'a laissé sur la peau une forte odeur de poisson.

J'ai dû boire une bouteille de muscadet avec Léon,
pour qui toutes les occasions étaient bonnes et qui le fit
exprès de me donner, sur ma tante, des détails intimes.
Peut-être parce que je me sentais vaguement coupable,
je ne l'ai pas fait taire, je ne me suis pas fâché.

Ma tante, qui n'était pas loin de nous et qui entendait, ne se fâchait pas non plus. Il y avait une complicité
dans l'air, un érotisme étrange, à la fois candide et per-
vers, que je n'ai jamais retrouvé.

Dix fois, vingt fois peut-être nos regards se sont rencontrés, avec toujours la même flamme joyeuse et, tout
de suite, nous cherchions la tache rose des yeux.

À dix heures et demie, le soir, presque toutes les familles étaient couchées. Il restait à une table, autour de Léon, quelques clients du pays, en vareuse et en casquette de marin. Olga, qu'on entendait finir de ranger la cuisine avec une bonne, est entrée et s'est tournée vers ma tante, assise à la caisse.

— Vous n'avez plus besoin de moi ?

— Non, ma fille. Bonsoir.

Alors, cela s'est passé très vite et personne ne s'est aperçu de rien. Ma tante m'appelait du regard. Je me suis approché, comme Olga venait de le faire. Du regard, toujours, Louise me désignait l'escalier qui débouchait dans la salle et dont j'entendais encore craquer les marches.

— Va.

Elle a dû se méprendre sur mon hésitation, car elle a ajouté plus bas :

— N'aie pas peur. Ce n'est pas la première fois que ça lui arrive.

Et, comme je restais figé devant elle, elle a été obligée de répéter avec une pointe d'impatience :

— Vas-y vite !

D'octobre à début juillet, j'ai vécu la période la plus désagréable de mon existence. Je ne dis pas tragique, ni même pénible, car je n'ai pas eu un seul chagrin et il ne s'est rien passé, il n'y a eu que le temps qui coulait lentement, comme à rebours. Je dis à rebours et je suis à peu près sûr de traduire ce que je ressentais, cette impression déroutante que les jours que je vivais n'étaient pas du présent mais déjà du passé.

Certes, ce n'est pas un adolescent qui écrit ceci ; c'est un homme mûr, et il est probable que, si j'avais tenu un journal à l'époque, le ton serait différent. Pour cette année-là, je jurerais qu'il n'y aurait que des pages blanches, des pages de calendrier arrachées, ou des croix tracées, comme à la caserne, pour mesurer la longueur de l'attente.

Je n'avais pris aucune décision, je n'avais aucun plan, aucun projet. Je n'en savais pas moins que ce que je vivais n'avait pas d'importance, que cela ne se rattachait ni à ce qu'il y avait eu avant, ni à ce qu'il y aurait après. Et le plus étrange, c'est que, sans impatience, je faisais en conscience les gestes de tous les jours.

J'ai été aussi surpris que mon professeur quand, pour une composition anglaise, j'ai eu un 7 au lieu du 19 que j'obtenais d'habitude. Dans les autres matières, où j'étais moins fort, j'avais des 5, même des 3. Ce n'était pas ma faute. Il y avait des blancs dans mon esprit.

Je n'ai jamais osé demander à d'autres si pareille chose leur était arrivée. Toute ma vie, j'ai eu la tentation de questionner les gens, de leur dire :

— Avez-vous déjà ressenti telle chose ?

Je n'ai eu avec mes semblables que des contacts immatériels, inexprimés, comme M. Vinauger, le surveillant général, qui a suivi, sans un mot, le détachement qui se produisait en moi, la mue que j'étais en train d'accomplir, seul derrière mon pupitre.

Et n'était-ce pas un contact immatériel aussi, et inexprimé, que cette possession de ma tante par personne interposée ? Car, le lendemain et les jours suivants, pendant toute la semaine qui a été remplie d'expériences amoureuses parfois sauvages et désespérées, elle s'est contentée d'en vivre le reflet sur mon visage et, j'en suis sûr, de me pousser à aller jusqu'au bout de mes limites.

J'ai failli, un soir, dans la cour noire de garçons, m'approcher de M. Vinauger, immobile, pour lui demander simplement :

— Est-ce ainsi que cela se passe d'habitude ?

Je ne parle pas de ma tante, bien entendu, mais du vide dans lequel j'errais depuis octobre.

Je ne l'ai pas fait et je comprends à présent que cela n'aurait servi de rien, que c'est contre la règle, une règle qui n'est écrite nulle part mais que tout le monde n'en observe pas moins par une sorte de complicité tacite.

Qu'adviendrait-il, en effet, si les hommes, n'importe où, dans la rue, au bureau, à l'usine, pouvaient s'interroger de la sorte ? On leur a donné à chacun une définition de l'être humain, du devoir, de la bienséance ou du péché, du bien ou du mal et, selon la case dans laquelle ils sont nés, les définitions sont différentes. Pis encore : comme chacun procède plus ou moins de plusieurs cases à la fois, ne fût-ce, par exemple, que parce qu'il a un père et une mère d'origines dissemblables, le voilà nanti de plusieurs définitions et il lui faudra en changer quand le hasard ou la nécessité le feront pénétrer dans un nouveau groupe humain. À peine adolescent, plusieurs notions de l'homme et de l'univers se le disputent et ces notions se transforment en même temps que lui, il n'a pas eu le temps de les transmettre à ses enfants qu'elles sont périmées.

N'est-ce pas une vaste tricherie, comme si chaque groupe, par crainte de perdre les siens, s'efforçait de les rendre inaptes à s'acclimater ailleurs ? Un peu comme les dessins différents dont on entaillait le visage des nègres dans chaque tribu et qui les désignaient aux flèches des peuplades voisines.

Nous savons, chacun pour un milieu déterminé, ce que nous devons penser en chaque circonstance de la vie et comment nous devons réagir, mais nous ignorons ce que notre voisin pense réellement et comment il réagit au fond de lui-même.

Partis quarante-cinq de sixième, nous n'étions plus que seize à préparer le premier bac, seize grands garçons assez gauches, et l'avenir a prouvé qu'il y en avait au moins la moitié dans mon cas. Sept étaient internes, deux dans le même dortoir que moi. Nous nous voyions dès le matin sous la douche, au réfectoire, puis toute la journée dans les classes, dans la cour, à l'étude ou sur le terrain de sport.

Il est impossible que j'aie été l'unique exception, le seul à être conscient de la coupure qui s'était produite entre le lycée et moi. Or, nous avons gardé chacun notre secret jusqu'au bout, comme si nous pensions que c'était un secret honteux, peut-être, justement, parce que nous le pensions, parce que c'était en dehors de la règle telle qu'on nous l'avait apprise.

Ces réflexions, c'est à quinze ans et demi que je les ai faites, avec moins de précision peut-être, avec plus de passion, et c'est au même âge que me venait soudain l'envie saugrenue d'interroger les gens dans la rue.

À l'approche des examens, j'ai été tenté de précipiter les événements, de partir sans attendre, mais j'étais assez pénétré des principes qu'on m'avait inculqués pour que cela me fasse l'effet d'une fraude.

J'ai donc joué le jeu, sachant que j'avais perdu d'avance. Je suis allé à Poitiers, en compagnie de mes camarades et de M. Vinauger. Il nous a conduits dans un lycée qui, en comparaison du nôtre, avait l'aspect d'une caserne. Dans les cours, qui portaient des noms d'auteurs classiques, des tableaux avec des flèches indiquaient le numéro des classes et nous devions être des milliers, inconnus les uns des autres, à aller à la recherche de salles où nos examinateurs nous attendaient.

Les escaliers, en fer, étaient extérieurs aux bâtiments que longeaient des sortes de passerelles sur lesquelles les pas résonnaient.

Au retour, nous étions mornes, vidés de notre substance, et pourtant tous, sauf un, nous y sommes retournés le surlendemain pour la seconde série d'examens.

Pour une matière, l'algèbre, j'ai remis une page

blanche, non par défi, ou pour en finir, mais parce que je ne comprenais rien à la question.

— Tu crois que tu reviendras pour l'oral ?

— Non.

Il y avait des visages défaits et un garçon, le boursier dont la mère était garde-barrière, s'est mis à sangloter soudain dans le train, en proie à une crise nerveuse. Pourtant, il était sûr d'avoir passé. Mais il lui fallait au moins un « bien » ou un « très bien ».

M. Vinauger, m'a-t-il semblé, n'avait pas non plus son calme habituel. D'après son âge, c'était la onzième ou la douzième fois qu'il faisait le voyage dans les mêmes conditions avec un groupe de candidats, puis qu'il les accompagnait, moins nombreux, pour l'oral.

À quoi bon le questionner ? Je regrette aujourd'hui de ne l'avoir pas fait, mais cela aurait-il servi à quelque chose ? Jusqu'à la publication des résultats de l'écrit, j'étais libre et je pouvais, comme l'année précédente, aller rendre visite à mes tantes.

Tout cela était dépassé. Je n'éprouvais le besoin de voir personne que je connaissais, pas même ma tante Louise. J'étais au bord de la vie comme au bord de l'eau, la vraie vie, la vie anonyme, celle dont on ne sait encore rien et où on va essayer ses forces.

Je n'avais pas peur. Je me souviens m'être regardé, ce matin-là, dans la glace, un peu pâle, certes, les traits tirés par la fatigue des derniers jours, mais calme, presque serein.

Je n'étais pas excité non plus. Je n'avais pas l'impression de tenter une performance.

Les fils s'étaient coupés tout seuls, petit à petit, sans douleur, au cours des derniers mois, et, d'ailleurs, il n'y avait jamais eu beaucoup de fils pour m'attacher à quoi que ce fût.

Le seul indice d'une préméditation possible, que je refuse pourtant d'admettre, c'est que j'avais de l'argent.

J'en recevais un peu de ma mère, soit qu'elle me le remît directement, soit qu'elle glissât un billet ou deux dans une enveloppe qu'elle m'envoyait au lycée et, pour mon anniversaire, j'avais reçu un mandat de mon père et un autre, inattendu, de ma tante Louise.

Je n'avais rien, ou presque rien dépensé, de sorte que j'étais à la tête d'une petite fortune, près de deux mille francs, je me rappelle le chiffre. La valeur de l'argent a si souvent changé depuis ma naissance que, pour me rendre compte à présent de ce que cette somme représentait, je suis obligé de prendre des points de repère. Un paquet de cigarettes de la régie coûtait cinquante centimes et un dîner, dans les restaurants bon marché de Paris, qu'on appelait alors des grands bouillons, trois francs cinquante. Je suppose que j'avais donc en poche ce qu'un employé, par exemple, gagnait en deux mois.

Les modes ont changé aussi et c'était la première année que je portais des longs pantalons. Malgré la répugnance de ma mère, pour qui M. Gérondeau était un modèle, je les avais choisis très larges, à pattes d'éléphant, comme on disait, et mes souliers avaient des bouts carrés, mon veston était court, les bords de mon chapeau à peu près inexistants. Toute ma classe était vêtue de même, sauf le fils de la garde-barrière et un garçon dont le nom m'échappe et dont le père était dans les contributions.

Si je n'ai annoncé mon départ à personne, il ne s'est pas fait non plus à la sauvette et je n'ai pas eu à sauter le mur.

Les petites classes étaient en période d'examens et, pour les candidats au premier et au second bac qui n'avaient plus de cours, la vie du lycée était un peu désordonnée ; certaines consignes cessaient d'être observées ; les internes qui, comme moi, étaient allés à l'écrit et qui n'étaient pas rentrés chez eux, jouissaient d'une liberté presque complète.

Il y avait même, entre les professeurs et nous, un changement sensible des relations. Du jour au lendemain, on aurait dit que nous n'étions plus des élèves, que nous étions devenus des hommes, presque des égaux.

J'avais une valise, celle que j'avais emportée l'été précédent en Normandie, qui me servait pour porter mon linge sale à ma mère, car elle avait insisté pour le laver elle-même, prétendant que la blanchisserie le brûlait. Je n'ai pas pris mes livres et l'idée ne m'est pas venue d'aller les revendre chez un bouquiniste comme je l'avais fait les autres années.

Je n'ai pas emporté non plus mon complet à culottes courtes que j'avais fini d'user en classe. Quelques chemises, quelques paires de chaussettes, des souliers de rechange, mon peigne, ma brosse, et je crois bien que c'est tout. Je ne gardais pas de lettres, ni de photos, de souvenirs.

J'avais au poignet la montre en argent que mon père m'avait donnée pour mes douze ans, en poche un canif, un briquet et un portefeuille qui, je le savais, avait appartenu à M. Gérondeau, mais que je n'en conservais pas moins parce qu'il était en véritable cuir de Russie. On ne parle plus de cuir de Russie. Pour ma mère, c'était le fin du fin, le luxe suprême, et j'avais fini par y croire.

Je suis allé à la douche en même temps qu'un nommé Landois, qui est devenu un des plus grands architectes de Paris. Son père, marchand de grains en gros, qui habitait la Vendée, devait venir le chercher en auto vers la fin de la matinée.

— Tu restes ? m'a-t-il demandé.

Nous étions nus tous les deux, des gouttes d'eau froide sur la peau.

— Non.

— Où vas-tu ?

— À Paris.

— Veinard !

Il n'a rien dit d'autre, ne m'a rien demandé d'autre. Seul le mot Paris l'avait frappé et il ne se demandait ni dans quelles conditions, ni pourquoi je m'y rendais.

Il m'a regardé m'habiller, fourrer mon linge dans ma valise.

— Tu vas dire au revoir à Vinauger ?

Ai-je répondu ? C'est possible. Toujours est-il que je n'ai dit au revoir à personne, pas même à Landois, à qui je me suis contenté de lancer en sortant, comme si j'allais bientôt le revoir :

— Salut !

J'ai descendu l'escalier gris où le soleil lui-même devenait poussiéreux, j'ai traversé la cour où il n'y avait personne, franchi la grille sans un battement de cœur, sans joie, comme on accomplit une chose qu'on doit accomplir.

Ce n'est qu'à deux cents mètres du lycée que je me suis mis à marcher plus vite, après un coup d'œil à ma montre. J'avais tout juste le temps d'aller prendre mon train. Je l'avais calculé ainsi.

— Une troisième classe pour Paris.

— Aller et retour ?

— Aller simple.

Dans mon compartiment, il y avait des soldats permissionnaires, des bleus encore gauches dans leur uniforme et qui croyaient que, parce qu'ils étaient soldats, ils devaient se montrer bruyants. Il y avait aussi, en face de moi, une vieille paysanne en deuil, un cabas noir sur les genoux, qui ne le lâcha pas de tout le voyage. Il m'arrivait de sentir sur moi son regard fixe et je sentais qu'elle se retenait de pleurer, deux ou trois fois elle a été obligée de s'essuyer les yeux et de se moucher.

Le train s'est arrêté plusieurs minutes en gare de Poitiers et, comme il était près de midi, j'ai acheté un sandwich au jambon puis, après une hésitation, une demi-bouteille de vin rouge. Les soldats, en grappe à la portière, interpellaient en riant les femmes qui passaient, le sous-chef de gare, poussaient des cris d'animaux qu'a fini par couvrir le sifflet de la locomotive.

À cause du vin, je me suis assoupi, un peu plus tard, en face de la vieille femme, et, quand je me suis réveillé, elle me regardait toujours en remuant les lèvres et en égrenant un chapelet.

En ce temps-là, la ligne aboutissait encore à la gare d'Orsay, qu'on découvrait brusquement après un long tunnel. Je n'avais jamais mis les pieds à Paris. En sortant du hall tumultueux, ma valise à la main, je me trouvai au bord de la Seine sans aucune idée de la direction à prendre.

Tout ce que je savais, c'est que je devais trouver un hôtel bon marché, un de ces hôtels, je l'avais appris par mes lectures, où on loue des chambres à la semaine et au mois.

Or, les hasards ferroviaires me faisaient débarquer dans un quartier calme, presque solennel, aux rues bordées d'hôtels particuliers et de riches maisons de rapport.

J'ai dû tourner en rond pendant un certain temps, car je me suis retrouvé deux fois boulevard Saint-Germain et j'ai compté je ne sais plus combien de ministères. Le vin et ma somnolence du train m'avaient donné mal à la tête. J'ai vu des gens courir vers les métros, une rue plus animée, avec des magasins, des restaurants, des bistrots à comptoir de zinc comme je les avais imaginés.

— Pardon, monsieur l'agent, quel est ce bâtiment, s'il vous plaît ?

C'est à peine s'il a froncé les sourcils.

— La gare Montparnasse.

Les hôtels que j'apercevais ne me paraissaient pas encore être du genre voulu. Désormais, je regardais le nom des rues qui, parfois, comme la rue de la Gaîté, me rappelaient des romans.

Arrêté quelque part par le mur d'un cimetière, j'ai obliqué à droite ou à gauche – en fait, je n'ai jamais pu reconstituer le chemin parcouru ce jour-là – et je me suis trouvé dans une rue appelée rue Delambre où, face à face, deux hôtels semblaient faire mon affaire.

L'un s'appelait l'Hôtel de Lorient, l'autre l'Hôtel Bonnet.

À l'Hôtel de Lorient, on ne me laissa pas le temps de pénétrer dans le bureau ; une voix enrouée me cria à travers un guichet que c'était complet.

Je suis donc entré à l'Hôtel Bonnet.

DEUXIÈME PARTIE

1

Le corridor était étroit, les murs recouverts de carreaux de faïence blanchâtre, comme dans une crémerie
ou dans une salle de bains. Après quelques pas, on
poussait une porte vitrée et on trouvait, à droite, une
sorte de guichet au-delà duquel se trouvait le bureau,
avec les casiers où pendaient les clefs et où on mettait le
courrier. La pièce ressemblait à une loge de concierge,
divisée en deux par une cloison qui ne montait pas jusqu'au plafond et qui devait cacher le fourneau de cuisine, car les gérants n'y dormaient pas mais avaient une
chambre au quatrième étage.

Ils étaient deux, l'homme et la femme, lui originaire
de Nevers, elle de La Charité, et ils se ressemblaient
comme frère et sœur : tous les deux, qui avaient dépassé
le milieu de la vie, étaient gros, mous, incolores et tristes,
mal portants.

Ils se relayaient dans cette pièce aux clefs qui n'avait
pas de fenêtre, toujours en pantoufles l'un et l'autre,
et la femme souffrait de ses jambes enflées chaque fois
qu'elle était obligée de monter aux étages pour donner
des draps propres aux servantes.

La nuit, un vieillard à l'aspect de clochard prenait
leur place et somnolait dans un fauteuil.

Le premier étage, qu'on ne louait pas à la semaine
ou au mois, servait pour ce qu'on appelait le « casuel »,
c'est-à-dire aux filles qui, à certaines heures, faisaient les
cent pas devant l'hôtel et montaient, pour un instant,
avec leur client.

Les autres cellules du bâtiment étaient occupées par des gens de toutes sortes, des employés, des dactylos, presque tous venus de la province, certains exerçant des métiers mal définis. On en entendait se lever dès six heures du matin pour se rendre à leur travail et d'autres dormaient toute la journée pour ne quitter l'hôtel qu'à la nuit tombante. Il y avait deux nègres, dont un, juste en dessous de moi, jouait de la trompette des heures durant.

Il était interdit de cuisiner dans les chambres et c'était le cauchemar de la gérante de faire la chasse à ceux qui trichaient. Presque tous les locataires trichaient par économie, cachaient un réchaud à alcool quelque part et, l'été, pour que les odeurs de cuisine ne se répandent pas dans les couloirs, on voyait réchauffer, sur l'appui des fenêtres, les plats préparés achetés chez le charcutier.

Si je me souviens bien, je payais ma chambre cinquante francs par mois. Elle était au dernier étage, le sixième, je pense, et le tapis rouge de l'escalier s'arrêtait au cinquième. Le plafond était en pente, comme dans la mansarde de Port-en-Bessin, et, sur le palier, une servante, la nuit, cirait les souliers des locataires, de sorte que je m'endormais au bruit monotone de la brosse que la fille, maigre et laide, toujours somnolente, laissait parfois échapper.

Je n'avais pas averti ma mère de mon départ. Dès le second jour, cependant, je lui ai adressé une carte postale. Pourquoi pas une lettre ? Sans doute était-ce une sorte de défi, comme de choisir une carte glacée qui représentait l'Arc de Triomphe.

Je suis sûr d'avoir raté l'écrit. De toutes façons, je n'ai pas envie de passer mon bac. Je suis à Paris. Ne t'inquiète pas. Tout va bien.

Il est certain, car je me connais bien, que je n'avais

à ce moment aucun plan préconçu. Je ne me sentais ni vocation déterminée, ni goût pour une profession précise. Et pourtant, ce n'est pas le hasard qui m'a guidé une fois à Paris, ou alors il faut appeler ainsi une faculté que je possédais, que possèdent sans doute tous les hommes, comme les oiseaux et les autres animaux, de prendre autour d'eux ce qui leur convient et de rejeter ce qui leur est inutile ou nuisible.

Par exemple, j'avais échoué, sans le savoir, à deux cents mètres d'un carrefour qui était à cette époque-là un des hauts lieux du monde, le carrefour Montparnasse, où la Rotonde et le Dôme, les deux cafés célèbres, se faisaient face, regorgeant de peintres, de modèles, d'artistes et de philosophes, d'une génération en gestation, et l'on était en train de bâtir, un peu plus loin, l'immense brasserie de la Coupole.

Dans les rues, on croisait des hommes et des femmes, aux tenues les plus diverses, venus de Scandinavie et d'Amérique, de la province et de tous les milieux sociaux ; les terrasses, non seulement à midi et le soir, mais toute la journée, donnaient l'impression grouillante d'une foire aux idées et aux talents.

Pourquoi, comment m'en suis-je à peine aperçu et suis-je passé sans m'arrêter, sans pour ainsi dire jeter un coup d'œil, sans qu'aucun contact se produise, alors que j'étais curieux de tout ?

Pendant trois ans et plus, je me suis jeté dans Paris avec frénésie, me saoulant du mouvement des rues, me saoulant surtout des visages, et il m'arrivait, pour me sentir davantage encore au cœur du grouillement humain, de plonger, à six heures du soir, dans le métro, jouant des coudes, coincé dans la foule, porté par elle, avec, autour de moi, des têtes qui se découpaient en gros plan et qui se renouvelaient sans cesse.

J'avais faim de la rue. Les deux dernières années, au lycée de Niort, alors que nous étions enfermés pendant des heures dans une classe grise ou dans une salle d'étude, il m'arrivait de fixer le rectangle de la fenêtre ouverte et de serrer les dents, indigné. Je ne comprenais pas que l'on eût le droit de nous retenir de la sorte entre des murs avec, par surcroît, la tentation de cette fenêtre au-delà de laquelle on entendait des bruits, voix et pas, roulements de voitures, cris d'enfants, hennissements de chevaux, de vrais bruits sortis de la vie, cependant qu'on nous obligeait à absorber les mots vides de sens qu'un professeur débitait d'une voix monotone.

C'est en quatrième que je me suis trouvé, de ma place, à dominer la fenêtre d'un autre immeuble, une fenêtre qui donnait sur une cour et, chaque jour, j'étais plus attentif à ce qui se passait derrière cette fenêtre-là qu'à ce qui se disait en classe. Je n'apercevais qu'une portion de la pièce, le pied d'un lit dont on mettait les draps sur l'appui de fenêtre pour les aérer et qu'on couvrait ensuite d'une courtepointe blanche, un berceau, une table et un pan d'armoire à glace.

J'ignore si la jeune femme brune qui habitait là était mariée. Je n'ai jamais vu d'homme avec elle, mais je n'étais pas en classe à l'heure des repas, ni à l'heure du coucher. Je finissais par connaître ses habitudes, car ses gestes, comme un ballet silencieux, s'enchaînaient chaque jour dans le même ordre et j'en arrivais à les attendre et à m'impatienter quand il y avait d'aventure le moindre changement au programme.

À cause de cette femme-là, je détestais la pluie qui faisait fermer les fenêtres. L'enfant, âgé de quelques mois, six ou sept, réglait l'emploi du temps de la mère. Il ne prenait plus le sein, mais des biberons, à heure fixe, et j'assistais à leur préparation. Je voyais aussi laver les couches, qu'on mettait à sécher devant la fenêtre, et il y avait un jour, le mardi, pour la couture. Une machine à coudre portative prenait alors place sur la table et la jeune femme, des épingles entre les lèvres, avait une autre expression.

Elle avait un jour aussi pour se laver les cheveux, qu'elle recouvrait ensuite d'une serviette en forme de turban, et je savais quand elle changerait sa robe de chambre bleue, pour la laver, contre un vieux peignoir à fleurs.

J'ai l'impression que, cette année-là, j'ai plus appris sur la vie en l'observant qu'en écoutant des leçons qui étaient censées nous y préparer. Pourtant, combien de fois n'ai-je sursauté en entendant le sempiternel :

— Vous rêvez, monsieur Adams ?

J'étais libre, enfin, de me frotter à mes semblables, de les heurter du coude sur les trottoirs, de les regarder de près, d'écouter, dans la rue, dans les bistrots, dans les boutiques, des bribes de ce qu'ils disaient. De ma chambre, rue Delambre, sans quitter mon lit, j'entendais vivre dix personnes à la fois, des isolés, des couples, quelqu'un qui avait d'épuisantes quintes de toux et le nègre qui jouait de la trompette.

Est-ce que l'agitation pittoresque et haute en couleur de Montparnasse m'a paru artificielle ? M'était-elle simplement étrangère ? Peu importe. C'est à peine si j'accordais un coup d'œil à ses terrasses bourdonnantes et je n'ai eu qu'un regard indifférent pour la Closerie des Lilas, aperçue par hasard, dont j'avais beaucoup entendu parler par Jean Caveau, un de mes camarades de classe, qui écrivait des vers et qui en envoyait à Paul Fort. Que des poètes tinssent leurs assises à la Closerie des Lilas, cela ne me touchait pas, n'éveillait en moi aucune curiosité, et je n'étais pas loin de considérer le boulevard Saint-Michel, le Quartier Latin, le monde des écoles et des étudiants, comme artificiel.

Sans savoir pourquoi, sans réfléchir, je franchissais les ponts et j'allais au plus épais du grouillement, un peu comme si la vie, pour moi, eût commencé au

Châtelet. Les Halles me fascinaient, peut-être parce que j'y sentais l'incessant apport de la campagne et de la mer, toutes les odeurs, tous les métiers, tous les accents.

Je remontais la rue Montmartre où, vers la rue du Croissant, je découvrais l'activité des imprimeries et des journaux, j'atteignais les Grands Boulevards, j'y attendais la minute où les bureaux et les magasins se vident et où tout ce qui travaille se précipite, à midi, vers les restaurants, le soir vers les autobus et les métros.

J'ai mis deux semaines avant d'atteindre Montmartre et ses enseignes lumineuses et, par la gare du Nord et la gare de l'Est, j'ai abouti ensuite à la Bastille.

J'essayais, moins de comprendre, que d'effectuer un tri, de classer les gens par catégories, de m'y retrouver parmi tant de mondes différents.

Jusqu'alors, je n'avais observé que des individus, mes grands-parents, mes oncles, mes tantes, puis mes condisciples du lycée, et j'étais arrivé sans trop de peine à placer chacun dans sa case, à délimiter son milieu.

Maintenant, c'était à la foule que j'avais affaire, à une foule dans laquelle il y avait de tout, avec, dans une même rue, dans une même maison, dans un même restaurant, des gens venus des points opposés de l'horizon, poussés par des instincts différents, obéissant à des lois différentes.

Je prétends que c'est mon instinct qui m'a empêché, dès les premiers temps, de faire un choix, de m'engager dans une direction ou dans une autre, de me poser sur une des cases où j'aurais risqué de rester prisonnier.

L'idée d'une carrière, d'une profession ne m'effleura pas. Ce que je cherchais, tout de suite, car je ne voulais pas tomber à court d'argent et j'avais peur de la faim, peur surtout de me trouver dans la rue, ce que je cherchais, dis-je, c'était un gagne-pain. Gagner de quoi vivre, au jour le jour, de quoi me nourrir et payer ma chambre, payer le droit de continuer à errer dans la foule et de me gaver de bruits et d'images, surtout de visages, de milliers, de centaines de milliers de visages.

Du lycée, j'avais gardé la phobie des murs, et je ne voulais à aucun prix être à nouveau retranché de la vie une partie de la journée. Presque bachelier, l'envie aurait pu me venir d'entrer dans un bureau, d'y débuter comme petit employé, fût-ce en copiant des adresses et en collant des timbres sur des enveloppes.

Après une semaine à peine, j'avais repéré les vitrines des journaux où l'on affiche ceux-ci, encore frais, dès leur parution, tandis que des grappes d'hommes et de femmes dévorent les petites annonces, prennent note des adresses et se précipitent pour aller poser leur candidature.

On demandait parfois des apprentis cordonniers, menuisiers, plombiers, mais je ne voulais pas devenir un artisan non plus.

J'ai failli me tromper. En passant, à la Madeleine, devant le hall de l'agence Cook, j'ai pensé que ma connaissance de l'anglais pouvait me servir et j'ai été sur le point d'entrer. Un hasard m'en a empêché. Au moment où je me dirigeais vers la porte, un couple est sorti, me fournissant mon premier contact avec un monde que je ne connaissais pas encore.

Tout, aussi bien chez l'homme que chez la femme, était différent de ce dont j'avais l'expérience, le vêtement, l'attitude, la façon de regarder les gens, de marcher vers une longue voiture de sport, une Hispano-Suiza, rangée au bord du trottoir.

La maison de la place de la Brèche était dépassée. M. Gérondeau, assis parmi ses meubles et ses bibelots rares, n'était presque plus rien. Je croyais avoir regardé assez haut et je m'apercevais soudain qu'il existait, au-dessus de ce que je connaissais, des couches dont je n'avais pas la moindre idée.

J'étais trop fruste, trop ignorant pour m'y mêler,

pour accepter le moindre contact. Le temps n'était pas venu. Je suis rigoureusement certain d'avoir pensé que le temps n'était pas venu.

Et j'ai continué à marcher, des heures durant, à prendre des autobus, des métros, à manger des croissants sur l'étain des bars et à contempler l'étalage des charcuteries avec leurs petits plats tentateurs, leurs coquilles de homard, leurs salades russes, leurs pâtés et leurs foies gras marqués de la tache noire d'une truffe.

Du pont Saint-Michel, où j'aboutissais en venant de la rue Delambre, j'avais le choix, la Seine franchie, entre foncer devant moi vers les Halles et les Grands Boulevards, tourner à gauche, le long de la rue de Rivoli, ou à droite, vers la rue Saint-Antoine et la Bastille.

Je suivais tantôt l'un, tantôt l'autre de ces itinéraires et c'est rue Saint-Antoine, presque en face du cinéma Saint-Paul, que je me suis trouvé un matin à admirer des plats préparés, des hors-d'œuvre divers, dont beaucoup m'étaient inconnus, à la vitrine d'une maison italienne.

Tout le long des trottoirs s'alignaient des petites charrettes chargées de fruits et de légumes, de fruits surtout, car c'était la saison des abricots, des pêches, des mirabelles, des poires Williams et du premier chasselas. J'en mangeais une grappe que je venais d'acheter, crachant les peaux et les pépins, intrigué par des petits poissons frits que je découvrais à l'étalage, quand mon regard est tombé sur une affichette guère plus grande qu'une carte postale.

On demande garçon livreur
présenté par ses parents.

Tout de suite, j'ai eu la vision d'un triporteur comme j'en voyais se faufiler dans les rues encombrées et, finissant vite ma grappe de raisin, je suis entré. Le magasin était en profondeur, assez sombre à cause de ça, bourré de victuailles. Il y en avait sur les comptoirs de marbre, dans les rayons, dans des sacs, dans des caisses, dans des paniers, et des jambons, des mortadelles, des saucissons pendaient au plafond. Toute une famille, apparemment, le père, la mère, deux filles, une tante sans doute, tous en tablier blanc, s'agitaient, criaient des chiffres qui apparaissaient sur la caisse enregistreuse, parlant français aux clientes, italien entre eux.

— Je viens pour la place.

L'homme était brun et ressemblait un peu à mon oncle Lange, le boulanger, le visage barré d'une moustache noire.

— Vous avez l'autorisation de vos parents ?

— Ma mère habite la province, à Niort, mais elle est au courant et peut vous envoyer une lettre.

— Vous connaissez le quartier ?

— Un peu. J'apprendrai vite.

— Quel âge avez-vous ?

Je mentis, à tout hasard :

— Dix-sept ans.

L'homme s'appelait Barderini et venait des environs de Gênes. Mes pantalons à pattes d'éléphant ont failli faire tout rater. Il les contemplait d'un œil maussade, désapprobateur, comme s'ils constituaient un mauvais signe, un peu comme M. Vinauger, au lycée, me surprenant avec ma première cigarette.

— Vous avez d'autres pantalons ?

Je mentis encore et dis oui.

— Je ne peux vous donner que quinze francs par jour, mais il y a les pourboires.

Ai-je rougi ? Peu importe. J'étais décidé. Et, comme il m'avait dit de me représenter le lendemain à sept heures du matin, j'ai regardé, dans la rue, les pantalons des garçons livreurs. La plupart étaient noirs ou gris sombre ; beaucoup étaient rayés, sans doute des pantalons du père qu'on avait rajustés.

Entre Saint-Paul et le Châtelet, je suis entré dans un magasin de confection où des vêtements pendaient à des tringles sur le trottoir et où un vendeur interpellait les passants, surtout les mères de famille qui traînaient des enfants par la main.

— Je voudrais un pantalon sombre, bon marché, pour le travail.

— Quelle sorte de travail ?

— Garçon livreur.

— Boucherie ? Crémerie ?

Je découvrais de nouvelles classifications, si bien établies qu'on en tenait compte pour la confection des vêtements.

— Dans une épicerie italienne.

— Ils fournissent la veste ?

— Je ne sais pas.

J'ai acheté ce qu'il me proposait et j'aurais eu de la peine de faire autrement, car il ne me laissait pas le choix : des pantalons d'un gris presque noir, avec une fine rayure, dont le tissu rêche me grattait la peau, et une courte veste en coton à petits carreaux.

— Il vous en faut plusieurs, à cause du blanchissage.

— Je reviendrai pour les autres.

La veste ne me collait pas encore aux épaules. J'avais l'air d'un garçon boucher trop maigre et pas assez coloré. Je n'avais pas honte, je n'étais pas humilié, mais je me rendais mieux compte de l'abîme qui me séparait du couple de l'agence Cook, du diamant que la femme portait au doigt et de l'aisance de son compagnon posant ses mains gantées de clair sur le volant de l'Hispano.

Je n'ai pas déménagé tout de suite. Je me levais à six heures du matin et, dans l'escalier, je rencontrais presque toujours un homme mal rasé, d'un âge incertain, aux yeux ternes, qui devait faire un travail de nuit, car il rentrait se coucher au moment où je commençais ma journée.

J'allais prendre, justement devant la Closerie des Lilas, le tram 10 qui me conduisait au Châtelet et je restais sur la plate-forme, suivant des yeux le ramassage des poubelles le long des trottoirs, les arroseuses municipales qui mouillaient des tranches régulières de la chaussée.

Je buvais deux verres de café et mangeais cinq croissants dans un bar dont les carreaux de faïence, sur les murs, représentaient le Mont-Saint-Michel.

Mon patron, que tout le monde appelait Gino, était déjà allé aux Halles, car il se levait à quatre heures, et mon premier travail était de lui passer la marchandise qu'il rangeait dans le magasin.

Il y avait un cuisinier, dans une arrière-pièce, un cousin, avec deux femmes pour l'aider, qui s'occupait des hors-d'œuvre et des plats préparés. Ceux-là travaillaient une partie de la nuit et s'en allaient à dix heures du matin.

J'étais le seul étranger, dans la maison, peut-être parce qu'on n'avait trouvé dans la famille personne de mon âge. Le triporteur était plus lourd et plus difficile à manier que je ne prévoyais et, les premiers jours, j'ai été assez découragé, me demandant si j'arriverais jamais à me faufiler avec aisance entre les autobus, les tramways et les charrettes des quatre-saisons comme je le voyais faire par les autres.

Je découvrais un quartier vaste et varié, car la clientèle allait de l'île Saint-Louis au boulevard Beaumarchais, de la Bastille au Louvre, et j'ai eu du mal à m'y retrouver dans les petites rues qui s'enchevêtrent autour des Francs-Bourgeois.

J'avais droit à mon déjeuner, que je prenais, derrière, sur un coin de table, parfois seul, parfois avec une des filles, la tante ou la patronne, chacun mangeant quand il pouvait, et on revenait souvent au magasin la bouche pleine, en s'essuyant les doigts à son tablier.

Je m'efforçais de retenir les noms des rues et ceux des clients. Dans les maisons bourgeoises, je passais par l'escalier de service et j'étais surtout en contact avec les cuisinières ou avec les bonnes. La plupart me tutoyaient. Parfois, par l'entrebâillement de la porte, je pouvais jeter un coup d'œil sur les mystères d'un intérieur, apercevoir une femme en négligé, un enfant avec sa nurse, une vieille dame qui surgissait pour vérifier la livraison et la facture.

À six heures, ma journée finie, je n'étais pas fatigué, je n'en avais pas encore assez de voir des visages et j'errais dans les rues, je fonçais dans le métro où, souvent, je me trouvais coincé contre le corps chaud d'une femme. Au début, cela me faisait rougir et j'avais l'impression de commettre un vol. Puis je me suis aperçu que d'autres hommes, autour de moi, faisaient de même et, se faufilant adroitement, se laissaient pousser contre les voyageuses les plus tentantes.

Je ne crois pas que les femmes aient jamais été aussi peu vêtues qu'au cours de ces années-là. Les robes, depuis, n'ont jamais été aussi courtes, aussi légères, et on aurait souvent juré, l'été, qu'il n'y avait pas de linge dessous.

Je ne suis pas certain, par contre, que ce soit cet été-là qu'un nouveau genre de chasse a commencé pour moi. Je suis resté à peu près un an chez les Barderini pour entrer ensuite, comme garçon de courses, à la Papeterie de la Bourse, rue de Richelieu. Or, mes deux premiers étés de Paris se confondent et, sur beaucoup de points, j'ai tendance à mélanger ce qui s'est passé.

Dans mon souvenir, cela forme un tout où les événements ne se suivent pas selon un ordre chronologique, mais se superposent et se confondent. Il y a trois années que j'appelle, à part moi, l'époque de la rue. Je découvrais la rue, le monde de la rue, la vie de la rue. Je n'acceptais d'être enfermé entre quatre murs que pour dormir. Encore étais-je enchanté que les cloisons ne fussent pas plus épaisses et avais-je besoin d'entendre respirer autour de moi !

Ce n'était pas seulement un goût, mais un besoin, comme si j'avais dû puiser ma substance dans la substance des autres. C'est pourquoi je viens de parler de vol. À toutes ces femmes que je frôlais dans le métro ou sur la plate-forme de l'autobus, et même dans les magasins, même aux deux grosses filles de Gino, je prenais quelque chose et je le savais, j'en avais honte, tout en étant incapable d'agir autrement.

Alors, je les en rendais responsables, elles et une entité assez vague que j'appelais le monde, ou l'organisation sociale. Elles avaient le droit de sortir à peine vêtues, dans des tissus légers qui ne faisaient que mettre leur chair plus en valeur, que la rendre plus tentante. Dès que la foule se resserrait un peu, on respirait leur vie intime, on les touchait, on connaissait leurs formes. Et moi, je n'avais pas d'autre droit que celui d'être tourmenté pendant des heures, pendant des nuits, jusqu'à en serrer les dents pour ne pas crier de désir.

Pourtant, cet état-là, je me demande aujourd'hui si je ne le cherchais pas à plaisir, si ce n'était pas un besoin aussi, comme mon besoin de me frotter à la vie de la rue. Je me demande même, en définitive, si ce n'était pas le même besoin.

Je sais quel risque je cours en abordant ce sujet, mais cela ne servirait à rien d'avoir entrepris mon récit si c'est pour escamoter certaines de mes expériences, sinon les plus importantes, tout au moins aussi importantes que les autres.

Parmi les tabous, celui qui touche aux choses sexuelles

est celui que l'on retrouve dans le plus grand nombre de cases, y compris dans les plus inattendues, et je suis sûr que ma mère, par exemple, va considérer que je me déshonore, que je déshonore la famille et, pour m'excuser, prétendre que je dois être une sorte de malade.

Or, ce n'est pas le cas. J'ai lu, depuis, les traités qui ont été écrits sur la question, sans omettre les plus modernes qui expliquent volontiers toutes nos tendances et tous nos comportements par quelque anomalie de notre vie sexuelle inconsciente.

Si j'avais été la proie d'une obsession, celle-ci, au lieu de disparaître après quelques années, se serait aggravée, comme c'est le cas de la plupart des perversions.

Certain que mon cas n'est pas isolé, je voudrais tant bien que mal l'expliquer, sans prétendre à une vérité totale.

J'ai dit mon besoin de m'assimiler la vie de la rue, la vie des autres, quelle qu'elle fût, et j'insiste là-dessus. Je vais fournir des exemples précis. L'hiver, passant le soir dans des rues tranquilles, il m'arrivait de rester en arrêt devant un rideau fermé, à essayer d'imaginer, de vivre ce qui se passait sous la lampe : peut-être des enfants qui faisaient leurs devoirs, ou un malade qui souffrait dans son lit, peut-être quelqu'un qui mourait, ou un couple enlacé ?

Il en allait de même, l'été, si un homme, ou une femme, accoudé à une fenêtre ouverte, à prendre le frais, se retournait pour parler à quelqu'un d'invisible dans l'ombre de la pièce.

Ce n'était pas un jeu gratuit de mon esprit, mais une faim de savoir, de tout connaître de mes semblables.

Dans la rue, si je suivais une femme – et cela pouvait aussi bien arriver pour un homme – je m'efforçais de me transporter dans son intérieur, comme pour la voisine du lycée, de me figurer ses gestes familiers, ses attitudes. Je la voyais manger, rêver, se déshabiller, se coucher.

Je ne cherchais pas à démonter la mécanique. Je ne faisais pas de psychologie. Mais il me paraissait extravagant, inouï, qu'une portion du monde me soit interdite, qu'elle me reste étrangère, que ma vie, en fin de compte, se limite à moi-même.

Alors, peut-être comme c'était arrivé à Port-en-Bessin, je suppose qu'une demi-substitution s'est produite. Si, entre hommes, normalement, la communication est impossible, il existe, entre un homme et une femme, une sorte d'approche qui donne au moins l'illusion de la fusion, de la possession, je dirais plutôt, – et je crois que c'est le mot que j'avais alors en tête, – d'absorption.

Je n'ai jamais été exagérément sensuel et ce n'était pas un plaisir précis que je quêtais quand, malheureux à force de désir, je courais les rues de Paris à la recherche d'une compagne d'un moment.

Je ne demandais pas non plus le réconfort d'une affection et je ne pense pas – je dis ceci à cause des ouvrages que j'ai lus – que je voulais me prouver à moi-même une supériorité physique ou me rassurer sur mes possibilités de jeune mâle.

Je vais, pour aller plus avant dans mon idée, révéler une de ces croyances comme nous en avons tous au temps de notre jeunesse et que nous gardons jalousement secrètes par peur de faire sourire. On nous avait dit, à l'école, que la matière s'use par frottement, même les corps très durs, et on nous donnait comme exemple les pièces de monnaie et le seuil des maisons. Autrement dit, au cours d'un contact plus ou moins prolongé, une partie, si infime soit-elle, d'une matière, est transportée sur un autre corps.

Lorsque l'institutrice nous a enseigné plus tard que notre peau s'use et se renouvelle sans cesse, l'image des pièces de monnaie m'est revenue à l'esprit. J'étais encore à Saint-Saturnin. Je regardais les murs de la bicoque, le tonneau auquel je m'étais si souvent frotté et je me disais :

— Un peu de moi-même reste accroché aux pierres, au bois, aux brins d'herbe du verger.

Et, par la suite, lorsque j'allais à Bayeux, à Cherbourg, à Tattenham Corner, j'avais conscience de laisser un sillage invisible, mais néanmoins quasi matériel.

À quarante-neuf ans, il m'arrive encore, non sans nostalgie, de m'imaginer le dessin compliqué de ma trace à travers le monde et cela me paraît plus mystérieux depuis que la science commence à pressentir le mécanisme de la vie.

Eh bien ! quitte à faire sourire, j'avouerai qu'il m'arrivait, en quittant une femme dont je venais de serrer le corps nu contre le mien, de me dire avec satisfaction que j'y avais laissé ma marque, une marque invisible, sans doute, mais qui n'en existait pas moins.

J'aurais voulu que toutes les femmes fussent marquées ainsi de mon empreinte et je souffrais de ce que ce fût impossible.

Cela pouvait se déclencher à n'importe quelle heure de la journée et me mettre littéralement en état de crise. Près de la rue Saint-Antoine, par exemple, rue de Birague et, en face, rue Saint-Paul, il y avait des hôtels de passe où il m'arrivait, pédalant sur mon triporteur et ne pensant à rien, de voir pénétrer un couple. Alors, par la pensée, je le suivais dans la chambre et, tout comme à Niort il me semblait injuste d'être enfermé alors que d'autres vivaient dehors, j'enrageais soudain d'être dehors tandis qu'à quelques mètres de moi deux corps nus s'affrontaient.

Je pensais parfois :

— À cette heure-ci, à cet instant, à Paris, des centaines, des milliers d'hommes et de femmes sont accouplés.

L'idée ne m'est pas venue de prendre une petite amie.

Il me paraissait futile, enfantin, de faire la cour à une femme et de passer par tous les stades préliminaires pour en arriver au seul point qui m'intéressait. Je n'avais rien à leur dire. Je n'avais pas envie de les écouter, de rire, de sourire, de manger ou de me promener en leur compagnie.

Dans mon esprit, cela aurait dû se passer sans préambule, – comme j'imaginais que cela se passait dans la forêt primitive, – et c'est pourquoi, pendant ces années-là, je me suis souvent privé de manger pour me payer une femme rencontrée dans la rue.

En même temps, si contradictoire que cela paraisse, j'étais fort pudique et les mots « faire l'amour », par exemple, m'apparaissaient comme une profanation.

Je savais que c'était une illusion, un faux-semblant. Pendant des heures, je cherchais, changeant de quartier, de coin de rue, revenant sur mes pas, hésitant, abandonnant une piste pour une autre. Et, parce que j'ai passé tant de temps à cette chasse-là, je sais aussi que des milliers et des milliers d'hommes, pas seulement des jeunes gens, dans Paris comme ailleurs, se livrent chaque jour à cette quête épuisante.

Peut-être compte-t-on des vicieux dans le nombre, des obsédés, pour employer le langage des livres, mais, dans la plupart des silhouettes furtives, des regards qui se détournaient, je me suis reconnu, comme je me suis reconnu quand, dans un hôtel sans poésie, où je montais en compagnie, je croisais un couple silencieux et sombre qui descendait.

Est-ce que, chaque fois, je me faisais illusion ? Je ne suis pas loin de le croire. Chaque fois, d'ailleurs, il y avait un moment où l'espoir me gonflait la poitrine, m'oppressait un peu, et où mes mains se mettaient à trembler. Un être qui, tout à l'heure, ne m'était rien, une femme qui n'était qu'une passante dans la rue, se dénudait devant moi et se livrait.

Il n'y avait plus de barrières, de conventions sociales, de tabous, de pudeur.

En somme, le reste ne dépendait que de moi, et pourquoi n'aurais-je pas espéré à chaque fois que le miracle était possible, qu'une communication allait s'établir, un contact que j'étais incapable de préciser ?

Bien sûr, il n'y avait jamais rien que ma peau contre une autre peau qui avait perdu son mystère, et, le plus souvent, je me dépêchais de faire le geste libérateur par lequel il fallait bien finir.

J'ai cru, un temps, que c'était une question de classe, si je puis dire, et je m'excuse d'entrer dans des détails aussi terre à terre. Comme je n'avais pas beaucoup d'argent, je me cantonnais dans certains quartiers, dans des rues où les prix étaient à ma portée. Cependant, j'imitais les pauvres qui, de temps en temps, vont dans le centre regarder le luxe des vitrines. Du côté de la Madeleine, par exemple, les femmes portaient des bas de vraie soie, peu courants à l'époque, et j'imaginais du linge assorti, des corps différents des autres.

Je pourrais établir ainsi une géographie d'un certain Paris d'alors, depuis les jolies filles dodues et toujours souriantes qu'on voyait, à la Taverne Royale, attendre des habitués, jusqu'à celles aux talons trop hauts, aux hanches épaisses, au visage mal maquillé, qui arpentaient le trottoir de la rue de la Lune en se reposant parfois sur un seuil.

Pour monter d'un cran dans mes explorations, j'ai économisé, je me suis privé. J'ai connu aussi les gamines de province et de la campagne, venues à Paris pour entrer en service, qui faisaient des débuts mornes boulevard Sébastopol et qui avaient toujours les pieds sales. J'en ai connu d'autres qui, à cause de mon jeune âge, me regardaient d'un œil intrigué ou maternel et j'ai trouvé l'adresse d'entresols où, dans une atmosphère surchauffée, entre des portes qui s'ouvraient sans bruit, des tentures qu'on écartait et qu'on refermait, dans un silence d'église ou de sacristie, avec des chuchotements de confessionnal, quatre ou cinq femmes se dévêtaient et se revêtaient du matin au soir, offrant chaque fois leur corps à la même possession, à la même absorption impossible.

Je n'éprouvais pas le besoin de me faire des amis, de sortir en compagnie. Ma mère m'écrivait de temps à autre des lettres résignées. Dans la première, après avoir reçu une carte postale, elle me disait :

... j'ai toujours su que tu n'aimais pas ta famille et que tu ne reconnaîtrais jamais ce que j'ai fait pour toi...

Je ne lui en voulais plus et je lui en veux encore moins aujourd'hui, même si je n'ai aucun désir de la voir. Il m'est arrivé de penser encore à la vie de la place de la Brèche, à la conduite de ma mère, au procès intenté aux héritiers.

Sans admettre son point de vue, j'ai fini par le comprendre. Pendant trente ans, elle a accepté, près du juge Gérondeau, un rôle qui s'est révélé de plus en plus important. Il savait, lui, exactement ce qu'il cherchait en publiant son annonce, et il n'avait pas une chance sur mille de tomber sur quelqu'un comme ma mère.

Grâce à elle, la tranquillité du juge, à laquelle il tenait par-dessus tout, était assurée, sa réputation préservée, sans parler de son confort et de ses petites habitudes.

Elle lui tenait lieu de tout et remplaçait par surcroît la mère avec qui il avait vécu jusqu'alors.

Pendant trente ans, elle s'est pliée à ses manies, à ses exigences ; il a eu sans cesse sous la main, au moment voulu, sans avoir à chercher, à se compromettre, l'objet docile dont il avait besoin.

Est-ce parce qu'il s'agit de ma mère que je ne pourrais pas en parler comme d'une femme ? Elle est née dans un village où ce qui touche aux fonctions corporelles est sans mystère et sans poésie. Elle a dû voir son père, comme je l'ai vu, monter sur ma grand-mère quand il rentrait ivre. La seule façon, pour une fille de la campagne, alors encore plus qu'aujourd'hui, de changer de milieu, était de tirer avantage de son corps.

Elle l'a fait, à Cherbourg, comme ma tante Louise et, sans doute, comme ses autres sœurs l'ont fait avant de se marier. Elle n'avait pas de dégoût et je suppose qu'elle regardait les hommes, sur elle, du même air rêveur, indifférent ou protecteur, que certaines femmes avaient pour me regarder.

Gérondeau était riche et, comme toutes les femmes, comme toutes les paysannes, elle avait peur de l'avenir, de la pauvreté pour ses vieux jours.

J'imagine que, lorsqu'elle s'est rendu compte que le juge ne pouvait pas se passer d'elle, qu'elle avait le pouvoir, à certains moments, de le faire mettre à genoux, elle a conclu que c'était son droit d'en profiter. Il était injuste, à ses yeux, d'être payée le prix d'une servante, et c'est assez curieux que sa première idée ait été de se servir de moi pour rétablir un certain équilibre. Ce n'est que de cela, peut-être, que je lui garde rancune, de m'avoir assigné une place dans ses calculs, et, si elle ne l'avait fait, je ne serais jamais allé au lycée.

Je soupçonne, dans la maison sombre, où la lumière même était équivoque, des scènes hallucinantes entre ces deux êtres, et il n'est pas impossible, il est fort probable qu'à certains moments le juge ait fait des promesses précises.

Qui sait si, pour obtenir ce qu'il désirait, il ne lui est pas arrivé d'écrire, sous les yeux de ma mère, des testaments qu'il détruisait par la suite ?

Ils ont dû finir par avoir une terrible connaissance l'un de l'autre. Elle le tenait parce qu'il ne pouvait pas se passer d'elle pour satisfaire certains besoins, mais il gardait assez de volonté pour se reprendre ensuite et, sans doute, assez de duplicité pour lui jouer la comédie.

Pour Gérondeau, fils de sa mère, de son père le procureur, de tous les magistrats à perruque et sans perruque dont les portraits l'entouraient comme d'une ceinture protectrice, ma mère n'était qu'un accessoire et il était impensable qu'une partie du patrimoine, si minime fût-elle, allât à d'autres qu'à des Gérondeau légitimes.

Au contraire, n'était-il pas scandaleux, aux yeux de ma mère, que des petits-cousins qui connaissaient à peine le magistrat viennent, après sa mort, la mettre à la porte et faire apposer des scellés ?

Je les comprends aussi, je les comprends tous, chacun, plus ou moins consciemment, suivait sa ligne, comme je suivais la mienne dans les différents quartiers de Paris.

J'ai déménagé de la rue Delambre, à cause de la bonne qui, chaque nuit, cirait les souliers sur mon palier. Un soir, j'ai eu, en passant près d'elle, l'impression qu'elle ne portait rien sous sa robe noire qui pendait. Elle avait une chaussure dans une main, une brosse de l'autre, et j'ai déjà dit qu'elle était laide et maigre.

Pourtant, je l'ai poussée dans ma chambre, sur mon lit, en silence, et de son côté elle n'a pas ouvert la bouche, elle m'a laissé faire, sans qu'il me soit possible de deviner ce qu'elle pensait.

À l'idée que j'allais la revoir, le lendemain et les jours suivants, avec son regard triste et doux de chien qui cherche un maître, j'ai préféré, le matin, emporter mes affaires et m'installer dans un meublé de la rue de Turenne, à deux pas de l'épicerie italienne.

Je me demande parfois si je ne lui ai pas fait un enfant, car je n'ai pris aucune précaution et, l'instant d'après, j'entendais à nouveau le bruit monotone de la brosse sur le soulier.

De même que le hasard m'avait fait lire l'écriteau de la rue Saint-Antoine, c'est en passant, un soir, rue de

Richelieu, que j'ai vu, à la vitrine d'une papeterie, un avis tapé à la machine.

On demande garçon de course très sérieux.

N'avais-je pas épuisé le quartier Saint-Paul et le Marais ? J'ai toujours aimé l'odeur des crayons, des gommes, du papier et, le lendemain, je me suis présenté. La maison était beaucoup plus importante que rue Saint-Antoine. Il y avait une dizaine d'employés et d'employées, de vastes réserves derrière et au-dessus du magasin, car on ne faisait pas seulement le détail, mais la vente en demi-gros, et la maison fournissait de grosses entreprises, y compris des journaux et des banques.

Ici, j'ai cru utile de déclarer :

— J'ai fait mon lycée jusqu'au premier bac.

Cela n'a pas paru impressionner le chef du magasin, un homme actif, tiré à quatre épingles, d'un genre très différent de mon précédent patron.

— Vous avez lu qu'il s'agit seulement de faire les courses ?

— Oui.

— Je tiens à ce que ce soit bien entendu, à ce que vous ne vous fassiez pas d'illusions.

Je gagnais la même chose que rue Saint-Antoine, mais je n'avais pas le repas de midi ni, sans doute, les pourboires que me donnaient parfois les cuisinières.

J'ai continué un temps à habiter la rue de Turenne, qui n'était pas trop loin, et, quand j'ai déménagé une fois encore, cela a été pour me plonger dans un quartier plus trouble qui me tentait, en bordure du Montmartre des boîtes de nuit, rue de Douai.

C'est à cette occasion-là que j'ai envoyé à ma tante Louise une carte postale représentant la place Pigalle, avec les enseignes lumineuses des cabarets en rouge, en vert et en jaune.

2

On entend souvent parler de la solitude de l'homme, surtout du pauvre, dans les grandes villes, et il existe une littérature, sans compter les chansons, sur ce Paris impitoyable qui broie les isolés.

D'après mon expérience, Paris est, au contraire, l'endroit du monde où l'homme souffre le moins, même sans famille ni amis, de sa solitude. Celle-ci est plus accablante en province, que ce soit à Niort ou ailleurs, et on la ressent même si on appartient à une communauté, à un cercle familier, parce que personne ne coïncide jamais exactement avec l'image que les gens s'y font de l'homme.

C'est encore dans les villages que l'individu qui n'est pas tout à fait pareil à son voisin, qui n'a pas les mêmes idées, les mêmes convictions politiques et religieuses, les mêmes façons de se distraire, est le plus isolé, au point qu'il ne lui reste que la ressource d'un dialogue muet avec la nature ou, comme mon grand-père Nau, avec la bouteille. Je ne connais rien de plus déprimant que la vue, le dimanche, de quatre ou cinq paysans figés, sur le seuil de l'auberge, en costume noir, la chemise trop blanche, le visage trop rouge, dans un univers glauque et figé de carte postale bon marché.

À Paris, non seulement on vit dans un coude à coude continu, mais on trouve, à tous les étages sociaux, des endroits qui paraissent n'avoir été conçus que pour permettre, en cas de besoin, d'y rencontrer d'autres soi-même. Cela commence, en bas, par les quais de la Seine, par la place Maubert, par les bancs des squares, du Bois de Vincennes ou du Bois de Boulogne et, passant par la gamme variée des bistrots, cela aboutit, à l'autre extrémité, aux bars et aux restaurants des Champs-Élysées et d'ailleurs, à certains cabarets qui sont comme des clubs privés.

Je fais exception, bien entendu, pour les malades et les infirmes, pour les vieillards qui ne peuvent plus quitter leur chambre. J'en ai vu quelques-uns, dans le quartier du Marais, en livrant la marchandise. J'ai jeté les yeux sur des intérieurs de toutes sortes.

Si je me suis enveloppé dans ma solitude, c'est que je le voulais. Les Barderini eux-mêmes, le premier Noël, alors que j'étais un étranger qui ne parlait pas leur langue, m'ont offert une place à leur table et n'ont pas compris que je la refuse.

Aux comptoirs où je mangeais mes croissants, dans les restaurants où je prenais parfois mes repas, il y avait toujours au moins un regard qui n'attendait que l'accord de mon regard.

J'ai refusé ainsi, par mon silence, des centaines d'amitiés qui s'offraient.

Si je souffrais de quelque chose, c'était, non pas de mon destin, mais de celui des autres. Je n'étais qu'un passant. Quand je gravissais un escalier de service, quand je pénétrais, pour y déposer un paquet, dans le logement qui était pour toujours le cadre de deux ou trois existences, je pouvais y imaginer les habitants dans dix ans, dans vingt ans, tournant toujours dans le même cercle étroit.

Dans dix ans, moi, je serais loin et, à la façon d'un météore qui n'appartient à aucun système solaire, j'aurais traversé bien des univers.

Lorsque je m'accoudais à l'étain d'un comptoir, que j'y voyais un homme de quarante ans, étriqué, manger un œuf dur ou boire un apéritif, les yeux fixés à l'horloge, je me disais :

— Il y a dix ans, il était ici à la même heure, attendant que l'aiguille atteigne tel point de sa course pour se précipiter dans le métro. Dans dix ans, il y sera encore, puis dans dix autres années, à moins qu'il ne soit mort.

Autrement dit, c'était l'étroitesse des cercles individuels, des cercles familiaux ou sociaux, dans le cercle immense de Paris, qui m'impressionnait et me donnait, pour les autres, une façon de désespoir.

Chacun n'avait qu'une toute petite part dans le concert et restait ignorant du reste. Même dans la cohue des Grands Boulevards où, à certaines heures, les vingt arrondissements venaient se mélanger, on continuait à distinguer des cloisons étanches et, cent fois, j'ai parcouru à pied ces boulevards, tantôt partant de la Madeleine, tantôt de la République, pour y trouver comme une photographie durement contrastée de Paris.

À un bout, vers la République, les magasins pour petites bourses, pour les humbles, pour les naïfs qui achètent ce qu'on leur dit d'acheter, des lampes horribles, des meubles d'un mauvais goût délibéré, et je revois en particulier certain hall plein de tout ce qu'on offre, chez les petites gens, à l'occasion des naissances, des premières communions, des mariages, des anniversaires, pelles à tarte argentées, gobelets en métal doré, services complets dans leur écrin violacé, et des pendules, tout ce qu'on peut imaginer en fait de pendules, flanquées des bronzes les plus inattendus. Je ne parle pas des chapeaux, des sacs à main, des articles de voyage. Ni de ces bandes qui, pour attirer les naïfs, proclament en lettres énormes « soldes » ou « occasions ».

En dépassant la porte Saint-Martin, la porte Saint-Denis, c'est un public déjà différent que visent les commerçants et les magasins de confection eux-mêmes ont certaines prétentions à l'élégance.

Les cinémas aussi, à mesure qu'on approche de l'Opéra, changent d'aspect, et, Boulevard des Capucines, si la foule reste aussi dense sur les trottoirs, les acheteurs se raréfient, car on entre dans le domaine du demi-luxe, puis du luxe.

Cette géographie n'est plus tout à fait vraie parce que, depuis, la ville commerçante s'est étendue vers l'ouest et ce que je dis du boulevard des Capucines s'appliquerait plutôt, aujourd'hui, au Faubourg Saint-Honoré et à l'avenue Matignon.

Pourquoi aurais-je souffert de ces cloisonnements, puisque je ne vivais pas dans le présent, ou plutôt puisque je savais que ce présent n'était que provisoire ?

Mais les autres, ceux qui étaient sûrs que, toute leur vie, avant le moindre achat, ils devraient compter les pièces dans leur porte-monnaie et faire une partie du chemin à pied pour économiser une section d'autobus ?

La question d'argent, la pauvreté ou la médiocrité, la lutte pour le pain quotidien n'était pas ce qui m'impressionnait le plus, d'ailleurs. Pour moi, le tragique, c'étaient les murs, non plus les murs réels, comme au lycée, mais les murs invisibles limitant les destinées à une minuscule portion de l'univers.

Était-ce aussi net dans mon esprit à dix-sept ans, à dix-huit ? J'en suis convaincu, mais il est possible que je me trompe. Ce que je sais, c'est que je tentais sans cesse, plus ou moins consciemment, de mettre de l'ordre dans l'image que je me faisais de cet amoncellement de pierres, de ce fouillis de toits et de fenêtres et de ce fourmillement d'individus constituant la capitale.

Je ne me rendais pas compte, en entrant comme livreur chez Gino Barderini, que, non seulement je frôlerais du matin au soir le monde de la rue, mais qu'ensuite j'aurais le privilège d'entrer dans des centaines de maisons et d'y surprendre les habitants dans leurs poses naturelles.

Quant à ma solitude, elle constituait une défense, voulue ou non. Je n'appartenais à aucun des milieux que je découvrais et il ne fallait à aucun prix que je me pose sur une des cases où je risquais de rester figé pour toujours.

Je n'étais ni un pauvre, ni un riche, ni un bourgeois, ni un artiste, ni un employé, ni un patron. Je n'étais pas un révolté non plus, pas davantage un satisfait. Je n'étais rien.

Et je voulais être tout. De même que je souffrais physiquement en voyant une femme et en me disant que je ne la posséderais jamais, qu'elle m'échappait, qu'elle était en dehors de mon pouvoir, de même serrais-je les poings à l'idée qu'on pourrait m'interdire l'accès d'une partie du monde, m'interdire, en définitive, certaines expériences humaines.

Parti d'en bas, de la bicoque de Saint-Saturnin où, une fois par semaine, on se lavait les pieds dans un baquet, près du foyer de la cuisine, j'étais décidé à aller voir tout en haut. Peu importe si je ne situais pas encore ce sommet-là. Il changeait, d'ailleurs, avec mes progrès.

Pour un temps, il a été concrétisé par le couple aperçu à la porte de l'agence Cook et par la longue Hispano-Suiza.

Rue de Richelieu, j'ai vu des financiers qui venaient chaque matin à la Bourse et qui déjeunaient dans des restaurants discrets et luxueux des environs, où il m'est arrivé d'entrer un instant pour porter un message. Je me rappelle encore, après si longtemps, l'odeur lourde et raffinée de ces restaurants-là, l'éclairage, les bouteilles rares inclinées dans leur corbeille, la couleur particulière du vin dans les verres de cristal.

Au « Journal », à cent mètres de la papeterie, et dans les imprimeries de la rue du Croissant où j'avais souvent à faire, j'ai vu de près des hommes puissants, ceux qui, chaque jour, font l'opinion, et des politiciens, des députés, des sénateurs rôdaient respectueusement autour d'eux.

Je regardais de tous mes yeux, j'enregistrais, sans cependant insister ; ces images, je les mettais de côté pour plus tard, sachant bien que je n'étais pas encore à cet étage. Pour les mêmes raisons, je n'accordais qu'un coup d'œil distrait à certaines femmes vêtues de fourrures qu'on voit descendre, inaccessibles, de voitures de maîtres et pénétrer chez Cartier, rue de la Paix, chez quelque grand couturier ou dans un restaurant de luxe.

Ce n'est pas seulement parce qu'elles étaient inaccessibles que je n'en avais pas envie, que le déclic ne se produisait pas, mais parce que, à mes yeux, ce n'était plus la femme qu'elles représentaient : elles étaient sorties de l'humain, du monde de la chair, pour n'être plus que des symboles.

En dehors de ces incursions furtives dans un univers encore défendu j'avais, en découvrant le Moulin-Rouge, gravi une toute petite marche.

Pendant des mois, je ne sais plus au juste combien, mais au moins un hiver et un printemps, j'ai vécu ce que j'appelle ma période Moulin-Rouge et je ne la regrette pas plus que le reste. Je suppose qu'il fallait que je passe par là. En revoyant ma vie après coup, je découvre que cela s'insérait comme un morceau de puzzle dans ma destinée.

J'avais vu, je voyais encore les hommes au travail, et, dans la rue, se rendant à leur travail, en revenant. Je connaissais leurs itinéraires dans Paris, les métros, les autobus, les gares, les restaurants et les petits cafés, ceux où on ne fait que passer pour boire et ceux où on reste des heures à laisser couler le temps.

Je découvrais maintenant une autre face du même monde : une partie des mêmes gens à la recherche de la joie.

Le Moulin-Rouge d'alors, avec ses ailes lumineuses tournant lentement sur le ciel de la place Blanche et son entrée, plus brillante que le reste du boulevard, qui me faisait penser à la gueule ouverte d'un monstre, était une salle immense où se donnait chaque soir un bal populaire. Mais pas populaire dans le sens grisâtre et triste du mot. Pour quelques francs, des milliers de dactylos, de vendeuses, de bonniches, de jeunes gens qui travaillaient dans les bureaux de la ville, avaient l'illusion du luxe et de la vie brillante. Nulle part ailleurs, à cette époque, on ne trouvait pareille orgie de lampes électriques et de projecteurs. Deux orchestres se relayaient et, sur le coup de onze heures, quand les couples étaient las de tournoyer ou de danser le charleston, la piste était envahie par les danseuses effrénées du French Cancan.

Il existait, pas loin, d'autres bals du même genre, l'Élysée-Palace, boulevard Rochechouart, le Moulin de la Galette, dans le haut de la rue Lepic, mais je n'y ai fait que de brefs sondages, car je n'y retrouvais pas la même intensité, ni surtout la même diversité.

Au Moulin-Rouge, en effet, des mondes très différents se côtoyaient et parfois, à force de se côtoyer, se mélangeaient. La question de l'entrée, à cet égard, est significative. À huit heures, à huit heures et demie, au-dessus du guichet vitré, une pancarte annonçait, sauf le samedi et le dimanche, « Entrée libre ».

C'était le moment où je me présentais ainsi que mes pareils, hommes et femmes. Nous étions plus ou moins les figurants chargés de donner de la vie à la vaste salle avant l'arrivée des clients sérieux. On nous accordait un rabais et nous n'avions à payer que nos consommations.

Dès neuf heures, la pancarte était remplacée par une autre annonçant le prix d'entrée, trois francs si j'ai bonne mémoire, et à mesure que l'établissement se remplissait le chiffre changeait, pour atteindre son maximum vers dix heures et demie, lorsque les étrangers arrivaient pour le Cancan ou pour le bar.

Car il y avait, près des murs, le bar le plus long que j'aie vu. Je n'y ai pas consommé, car on ne pouvait y rester toute une soirée pour le prix d'un seul verre. C'était là que les industriels, les commerçants, les hommes au portefeuille bien garni, de passage à Paris, savaient trouver une jolie femme. On en comptait en effet beaucoup de désirables, vêtues de courtes robes en lamé, ou de robes à franges, cheveux ras sur la nuque, maniant d'une main négligente un fume-cigarette de trente centimètres. Je les ai vues de plus près rue de Douai, car plusieurs habitaient le même hôtel que moi, où il était rare qu'elles rentrent seules.

Entre cette section-là, où on s'occupait peu de la danse et du spectacle, et la multitude de tables, autour de la piste, où des hommes et des femmes se cherchaient des yeux avant de se joindre pour le temps d'un fox-trot ou pour des mois, quelques-uns pour la vie, un autre secteur encore avait son caractère propre. C'était, un peu au-dessus du vulgaire, de façon à ne rien perdre du spectacle, un rang de loges où on ne servait que du champagne et où on voyait plus de smokings et d'habits que de complets veston.

J'avais mon coin préféré et je m'y installais le plus souvent quand l'orchestre n'avait pas fini d'accorder ses instruments, un coin d'où je ne perdais rien de ce qui se passait, mais où les couples, en regagnant leur place, ne pouvaient éviter de me bousculer.

Je commandais un café, un verre de bière, les consommations les moins chères, et seulement quand le garçon me regardait d'un air de reproche, je renouvelais ma commande.

D'autres que moi venaient presque chaque soir, mais je crois que j'étais le seul, en dehors du bar et des loges, à ne jamais danser.

Je me souviens en particulier d'une jeune fille aux cheveux très sombres, aux yeux brillants, aux narines pincées, qui, tout le temps que je l'ai connue de vue, a porté une robe d'un bleu électrique trop brillante que semblaient vouloir percer deux petits seins pointus. Elle était seule à un guéridon aussi stratégiquement placé que le mien et, avant chaque danse, son regard scrutait les rangs des hommes car, comme aux bals de villages, la plupart des garçons et des filles arrivaient séparément et restaient sur leurs positions.

Je revois ses yeux écarquillés, brûlants de convoitise, quand ils se fixaient sur un bon danseur qu'elle avait repéré, de sa joie, de son triomphe, quand il l'avait remarquée à son tour et s'approchait d'elle.

Elle n'essayait pas d'imposer son rythme, sa manière, mais se pliait, d'instinct, dès les premières mesures, au style de son partenaire.

Chaque fois, on aurait pu la croire amoureuse, tant elle semblait en extase, mais c'était d'elle qu'elle était amoureuse, de son corps, de ses mouvements, du plaisir qu'elle en tirait.

Je n'ai pas vu un seul homme s'asseoir à sa table. À plus forte raison n'en a-t-elle accompagné aucun à la sienne et je me demande si elle leur répondait autrement que par monosyllabes quand, en dansant, ils lui parlaient.

Il y avait aussi quelques nègres aux membres désarticulés qui dansaient un charleston différent des autres et j'ai remarqué que certaines femmes approchant de la maturité et appartenant à des milieux bourgeois ne venaient que pour eux.

Je ne me figurais pas que je menais la grande vie. Je savais exactement où je me trouvais, à quel étage. Je savais ce que je venais chercher, un spectacle un peu plus aigu, plus coloré, plus artificiel, dans un certain sens, que celui de la rue, un frottement d'un autre genre, qui n'était pas sans équivoque ni sans provoquer chez moi un désir sourd et lancinant.

Ici aussi, il m'est arrivé de serrer les dents, d'enrager de l'impossibilité où j'étais de me satisfaire alors que des centaines de femmes s'agitaient autour de moi et que, tout à l'heure, les splendides créatures du French Cancan viendraient secouer leurs dessous de dentelle devant mon nez.

Avec celles des petites tables, venues pour danser ou pour trouver un amoureux, il aurait fallu que je parle, que je joue le jeu, que je me lie.

Les autres, au bar, y compris celles qui habitaient mon hôtel, étaient trop chères pour moi.

Je finissais parfois dans une impasse proche, que je connaissais bien et que j'avais prise en horreur, ou encore j'allais arpenter, indécis, les ombrages du boulevard des Batignolles où, de loin en loin, une silhouette se détachait d'un arbre.

Plus souvent, j'attendais la fin, l'éclat soudain des cuivres en une marche endiablée et, gagnant la sortie, je jetais un coup d'œil d'envie par une porte vitrée qu'on venait d'ouvrir.

Si la soirée populaire était finie, en effet, la nuit commençait, non plus pour des centaines, mais pour quelques-uns, dans une salle moins vaste où il y avait des glaces et des tapis, des cristaux et des nappes blanches, des tentures rouges et des maîtres d'hôtel noirs et blancs.

Cette pièce-là, je ne l'ai jamais vue pleine, parce que, quand la foule se retirait du hall, la clientèle ne faisait qu'arriver et je n'ai fait qu'entrevoir la mise en place, le pianiste qui tapotait les touches du piano en finissant sa cigarette, les fleurs qu'on arrangeait dans les vases, des filles en robes du soir, différentes de celles du bar, qui mettaient leur maquillage au point devant une bouteille de champagne non débouchée. Il y avait aussi de jeunes hommes en smoking attendant comme elles de faire leur métier et qui, en public, feignaient de ne pas les connaître.

C'était comme un piège qui se tendait, ou comme les préparatifs d'une cérémonie. Il m'est arrivé d'attendre sur le trottoir, près de la marchande de fleurs, qui avait été danseuse dans son temps, et du portier en uniforme. Je voyais des couples descendre de taxi, en tenue de soirée, sortant du spectacle ou d'un dîner tardif, et si les hommes, sûrs d'eux, distribuant les pourboires d'un geste familier, étaient presque tous d'un certain âge, la plupart des femmes étaient jeunes, très décolletées ; certaines, en passant, jetaient un coup d'œil inquiet dans les grands miroirs de l'entrée pour s'assurer que c'était bien elles qui étaient là, dans cet apparat.

Ainsi donc, au seul Moulin-Rouge, comme dans le quartier Saint-Antoine, on pouvait passer une, deux, trois frontières, mais aucune ne me paraissait la frontière définitive, la vraie ligne de démarcation. Ma fraîche expérience, si incomplète, me disait que toutes ces cases, en haut, en bas, au milieu, ne représentaient qu'une compartimentation secondaire, plus apparente que réelle.

Ce n'est pas le mot réel qui convient. Les limites de chaque case étaient bien réelles pour ceux qui s'y trouvaient enfermés puisque, dans la plupart des cas, ils y restaient toute leur vie.

Ce que je veux dire, c'est que ces divisions n'étaient pas les divisions naturelles, mais des faux-semblants, des frontières fabriquées de toutes pièces, imposées à ceux qui voulaient bien se les laisser imposer.

Je soupçonnais, ailleurs, une ligne de partage différente, la vraie, une ligne qui devait être bien gardée, bien défendue, mais que j'avais d'ores et déjà l'intention de franchir.

J'emploie des mots qui feront peut-être sourire, mais je suppose que chacun, pour certaines pensées, pour certaines conceptions secrètes, se fait un vocabulaire à son usage personnel, avec des mots qui n'ont leur vrai sens que pour lui, ce que j'ai envie d'appeler des mots *totem*. On en trouve aussi dans les familles, qui ne signifient rien en dehors de celles-ci, et dans tous les groupes humains, dans les métiers, les corporations, les provinces, les religions.

D'habitude, on ne s'en sert qu'avec les initiés mais, m'efforçant ici d'exprimer le plus secret de mes souvenirs, je suis obligé d'employer les termes que j'ai adoptés à part moi.

L'époque Moulin-Rouge, c'est une étape à la fois dans le temps, dans l'espace et en profondeur. Des centaines de silhouettes s'agitent dans ma mémoire et en font quelque chose de vivant qu'il m'est impossible de communiquer. Il faudrait faire revivre tout un quartier, une époque, avec ses musiques, ses costumes, avec même, non seulement la silhouette des femmes, différente en ce temps-là, mais l'expression de leur regard, leur sourire, et jusqu'à la forme de leur visage.

La rue de Richelieu est différente aussi. Le « Journal », si important jadis, mêlé à la vie quotidienne de Paris, n'existe plus et les nègres ont presque disparu de Montmartre ainsi que les portiers russes et les maharajas.

Ce qui a surtout changé et ce qu'il est impossible de décrire avec quelque exactitude, c'est le jeune homme de dix-huit ans, de dix-neuf ans que j'étais et qui, chaque matin, n'était déjà plus tout à fait celui de la veille ni encore celui du lendemain.

Les cases ont changé aussi, comme la physionomie des rues et des quartiers, et d'autres cases les ont remplacées. La fameuse ligne que je cherchais, pour la franchir, avec autant de passion que d'autres cherchaient jadis le Saint-Graal, a-t-elle changé de place en même temps que les frontières des États ? Elle existe toujours, en tout cas, peut-être un peu en deçà, peut-être un peu au-delà et, comme elle a existé depuis que le monde est monde, il n'y a aucune raison pour qu'elle disparaisse un jour.

Beaucoup se figurent la franchir qui ne font que sauter d'une case, souvent pour être ramenés loin en arrière, comme dans le jeu de l'oie.

Je préférais prendre mon temps, tâter le terrain avant chaque pas afin que cela ne m'arrive pas.

Par deux fois, à cette époque, j'ai risqué de peu la fausse manœuvre ou l'enlisement. C'était à nouveau une période de mue et je sentais que je ne resterais plus longtemps à la papeterie de la rue de Richelieu. Mon travail avait surtout consisté soit à aller plusieurs fois par jour au bureau de poste pour expédier des paquets, enregistrer des plis recommandés et prendre le courrier dans la boîte postale, soit à courir dans les bureaux des environs pour des livraisons urgentes. Les livraisons courantes, qui étaient lourdes et encombrantes, s'effectuaient en camionnette et je n'avais rien à y voir sinon, quand j'étais disponible, pour aider, dans la cour, au chargement.

Or, les derniers temps, j'avais beaucoup grandi et, avec mon visage allongé, mon air calme, je ressemblais davantage à un jeune Anglais de bonne famille qu'à un garçon de course. Déjà, on essayait de me familiariser avec le travail du magasin et je prévoyais le jour où on m'imposerait une promotion dont je ne voulais pas.

Ce n'était encore qu'une vague menace à l'horizon, un malaise dont je ne m'inquiétais pas trop. Noël est venu et, le soir du réveillon, je me suis couché beaucoup plus tôt que d'habitude, exprès, par bouderie ou par orgueil. Aussi, le matin, étais-je un des rares à errer dans un Paris vide et, comme cela m'arrivait assez souvent, j'ai marché le long des quais, suivant les berges de la Seine jusqu'à Charenton.

J'y ai déjeuné dans un caboulot désert. Je suis revenu en ville par l'autobus et, vers trois heures, je me trouvais rue Auber, à regarder, je m'en souviens, les vitrines d'une compagnie de navigation. Une jeune femme, plutôt une jeune fille, regardait également, peut-être d'une façon aussi vague que moi, et je lui ai jeté un coup d'œil, sans parvenir tout de suite à la situer.

Elle aurait pu, à la rigueur, être une profession-nelle, mais dans ce cas, c'était une débutante qui s'était trompée de jour et de quartier. Cela pouvait être une jeune fille vivant dans sa famille, encore que cela me parût improbable.

Quand elle s'est éloignée, je me suis mis en marche derrière elle, admirant ses chevilles fines, ses jambes dont le modelé me frappait, bien que je ne fusse pas particulièrement sensible à la beauté des jambes.

Elle s'est arrêtée à une seconde vitrine ; moi aussi. Puis à une troisième où, après un instant, je me suis aperçu qu'il n'y avait que de la lingerie féminine. Nos regards se sont rencontrés et, comme nous étions très près l'un de l'autre, j'ai dit, faute de trouver mieux :

— Vous n'avez rien à faire ?

Elle a ri.

— Non ! Et vous ?

— Moi non plus.

Je crois qu'il n'y avait pas plus de vingt personnes dans toute la rue. La ville, après la nuit de réveillon, restait vide, et si des gens étaient sortis de chez eux, ils étaient déjà dans les cinémas, car il faisait très froid.

— Qu'est-ce que vous aimeriez ?

— Je ne sais pas.

Il y avait quelque chose de gai et de provocant dans ses yeux et j'avais noté un fort accent espagnol qui fai-sait de ses paroles comme un gazouillis.

J'étais à peu près sûr, maintenant, que ce n'était pas une professionnelle. D'autre part, je n'avais pas beaucoup d'argent et je ne désirais pas l'emmener au cinéma, puis au restaurant. C'est pourquoi j'ai dit, jouant le tout pour le tout ;

— On pourrait aller chez moi.

— C'est loin ?

J'ai désigné la direction de Saint-Augustin.

— Par là…

Et nous nous sommes mis à marcher. J'ai appris tout de suite qu'elle n'avait pas réveillonné, non pas, comme moi, volontairement, mais parce que c'était son tour de garde. Elle était femme de chambre dans la famille d'un diplomate sud-américain qui habitait l'avenue Hoche, cette avenue qui, entre l'Étoile et le parc Monceau, avait, à mes yeux, le plus de prestige, avec l'avenue Foch.

J'étais en train de faire ce que j'avais toujours évité, c'est-à-dire de commencer une aventure, et je n'étais pas trop enthousiaste. Je l'écoutais babiller avec étonnement ; je voyais, avec plus d'étonnement, sinon avec gêne, sa main s'accrocher à mon bras.

— C'est encore loin ? demandait-elle parfois tandis que nous suivions lentement les rues en pente.

— Nous y serons bientôt.

Nous y sommes arrivés, bien entendu. Nous sommes entrés l'un derrière l'autre à l'Hôtel du Grand Saint-Georges, sans qu'elle ait un mouvement de recul ou d'hésitation.

Au début, je n'avais pas bien compris son prénom, que j'avais pris pour un nom de famille, car il m'était inconnu. Elle s'appelait Pilar.

Dans la chambre, elle retira son chapeau, qu'elle lança au petit bonheur, et, venant se coller contre moi, souda ses lèvres aux miennes, me donnant le baiser le plus compliqué, le plus savant, que j'aie reçu jusqu'alors.

— Ferme les rideaux, chéri.

Bien qu'elle n'eût qu'un an ou deux de plus que moi, elle prenait la direction des opérations comme si elle avait été de beaucoup mon aînée et la plus expérimentée. Je la voyais qui retirait sa robe de laine noire, qui s'impatientait de mon immobilité.

— Pourquoi est-ce que tu ne te déshabilles pas ?

Au fond, je n'étais content ni de moi, ni d'elle. J'éprouvais une pudeur, moi qui n'en avais jamais eu de ce genre, à me mettre nu devant elle, alors qu'elle l'était déjà. Tout son corps était comme ses jambes, plus délié que les corps auxquels j'étais habitué, d'une souplesse incroyable, et je crois que je ressentis une certaine émotion à regarder, puis à toucher ses petits seins.

Elle avait retiré le couvre-lit, ouvert les draps.

— Viens…

Quelques instants plus tard, elle me grondait en riant, comme si j'étais le garçon le plus naïf de la terre.

— Mais non, chéri ! Il ne faut pas faire ça comme une brute.

Elle prononçait « broute ». Et, dès lors, je n'eus plus droit à l'initiative. C'était elle qui dirigeait nos ébats à sa façon, me lançant parfois un coup d'œil ironique et attendri.

Ce n'était plus l'accouplement auquel j'étais habitué, le heurt de deux corps, mais un jeu savant comme son baiser, beaucoup trop savant à mon gré, et qui m'embarrassait, me donnant une sensation de gêne. On aurait dit qu'elle connaissait chaque point sensible de mon corps et jusqu'à mes moindres nerfs qu'elle s'amusait à exciter en poussant des cris de fierté.

Très gaie, elle voulait tout me montrer, tout ce qu'elle savait, tout ce dont elle était capable, et chaque fois que je voulais en finir elle répétait d'un ton de reproche :

— Tu es une « broute ».

J'ai mieux compris, cet après-midi-là, que je n'étais

pas un sensuel, ni un voluptueux. Après une heure de jeu, j'étouffais dans la chambre aux rideaux fermés, dans le lit déjà moite, imprégné de l'odeur de nos deux corps ; mais, pour Pilar, ce n'était qu'un commencement, on sentait qu'ici elle vivait sa vraie vie et que le reste ne comptait pas.

Deux fois, j'ai voulu me rhabiller, et deux fois elle m'en a empêché, ayant raison, non sans peine, de ma résistance. J'eus cependant droit au répit d'une cigarette et elle en fuma une devant moi, paraissant si nue ainsi, d'une nudité que je n'avais jamais imaginée, qu'un obscur sentiment croissait en moi.

Je ne sais pas au juste de quoi j'avais envie, de quelque chose d'impossible, certainement, mais je sais que nous avons sombré à nouveau au plus profond des draps et que les lumières des boîtes de nuit étaient allumées quand je suis allé ouvrir les rideaux.

Je me disais, tout en pensant que j'avais faim et envie de respirer un grand coup d'air :

— Pourvu qu'elle ne revienne pas.

En même temps, tandis qu'elle se rhabillait, j'avais envie de la dénuder à nouveau. Ma peau, ma bouche, tout mon corps n'avaient plus mon odeur mais la sienne, la chambre en était tellement imprégnée que, quand je suis revenu, deux heures plus tard, j'ai failli pleurer de désarroi en me jetant sur mon lit.

Nous avions mangé des spaghetti dans un restaurant italien de la rue Notre-Dame-de-Lorette, puis je l'avais reconduite avenue Hoche, en autobus, et elle s'était arrêtée devant un hôtel particulier au balcon orné d'un écusson et d'une hampe de drapeau. Elle n'avait pas sonné à la grande porte, pénétrant avec sa clef par l'entrée de service.

— *Adios !*

Elle n'est revenue ni le lendemain, ni le surlendemain. Je ne suis pas retourné avenue Hoche. Ces deux soirs-là, je ne suis pas allé au Moulin-Rouge non plus, me contentant de lire dans ma chambre en guettant les pas dans l'escalier. J'entendis ainsi les femmes qui travaillaient place Blanche et ailleurs s'en aller, les reconnaissant au bruit particulier de leurs hauts talons.

Une voisine, que je n'ai jamais vue que de dos, est rentrée en compagnie d'un homme et j'ai entendu d'abord un murmure de voix, puis, assourdis, les échos de tout ce qui se passait.

Le quatrième ou le cinquième jour, je ne sais plus, je suis rentré à l'hôtel tout de suite après mon travail pour manger de la charcuterie. Quand j'ai demandé ma clef au bureau, on m'a répondu :

— Il y a quelqu'un là-haut.

Je n'ai pas pensé tout de suite à Pilar. C'était elle qui était là, en effet, non pas en robe noire, ni nue dans mon lit, mais vêtue d'un peignoir rouge en soie artificielle. Il y avait une valise dans un coin, un peigne et une brosse qui ne m'appartenaient pas sur la plaque de verre surmontant la toilette.

D'abord, elle a crâné, m'attendant au milieu de la pièce comme si j'allais me jeter dans ses bras, puis elle s'est repliée sur elle-même, le regard de plus en plus inquiet, presque peureux, elle a fini par aller se coller contre le mur.

— Tu veux que je m'en aille, chéri ?

Je ne savais pas ce que je voulais, mais je crois que j'avais le front têtu, le regard dur.

— Ma patronne, elle m'a flanquée à la porte parce que… parce que…

Je n'ai jamais su pourquoi, car elle s'est mise à pleurer, s'est jetée sur le lit dont elle faisait vibrer les ressorts et, pas fier de moi, j'ai fini par la rejoindre.

Le matin, je me suis réveillé pour la première fois de ma vie avec une femme dans mon lit.

— N'aie pas peur, chéri. J'ai des économies. Je ne te

coûterai rien. Quand tu voudras que je m'en aille, tu n'auras qu'à dire :

» — Pilar, va-t-en !

Elle disait cela si comiquement que j'étais contraint de rire. Le samedi suivant, la gérante du Grand Saint-Georges, une rousse qui avait dû être belle et qui avait encore des seins qui me tentaient, m'annonça qu'elle était obligée d'augmenter mon loyer puisque la chambre était occupée par deux personnes.

J'ignore ce que Pilar faisait de ses journées. Je suppose qu'elle dormait la plus grande partie du temps et qu'elle passait le reste à s'épiler, à laquer ses ongles et à d'autres menus soins.

Sans m'en avoir demandé la permission, elle venait m'attendre rue de Richelieu où, les volets une fois fermés, j'étais à peu près sûr de la voir se détacher de l'ombre et s'accrocher à mon bras.

— Nous n'allons pas au restaurant aujourd'hui, chéri. J'ai préparé la dînette.

Cela me gênait aussi. Cela faisait partie d'un univers qui n'était pas le mien, procédait d'une sensibilité différente, sinon opposée à la mienne. À force de prodiges, elle parvenait, sur une lampe à alcool, à me préparer des petits plats de son pays et je feignais de les aimer. Ce qu'elle préférait à tout, en dehors de nos exercices amoureux, était de se promener à mon bras dans les rues en nous arrêtant aux étalages.

— N'aie pas peur. J'ai encore de l'argent.

J'avais vu de gros billets, parmi des objets de toutes sortes, dans son sac usé qui était toujours ouvert sur un meuble ou sur l'autre, quelquefois par terre, car Pilar aimait le désordre pour le désordre.

Je n'avais jamais éprouvé le besoin de lui parler de moi et c'est elle qui me posait des questions prudentes, n'avançant que par étapes.

— Pourquoi as-tu un nom anglais ?

— Parce que mon père est anglais.

— Et toi ?

— Moi aussi, par le fait.

— Tu as un passeport anglais ?

— Seulement une carte d'étranger. Si j'avais besoin d'un passeport, je n'aurais qu'à le demander au consulat.

— Tu devrais, articulait-elle alors sérieusement.

— Pourquoi ?

— C'est toujours bon d'avoir un passeport anglais ou américain. Moi, j'ai un passeport espagnol. Ce n'est pas si bon.

Je ne comprenais pas. Elle m'ouvrait les yeux sur un domaine qui m'avait échappé. J'apprenais du même coup qu'elle était née à Cuba, de parents espagnols, et qu'elle avait vécu plusieurs années à Panama, où elle avait travaillé dans un hôtel tenu par des Français avant d'entrer comme femme de chambre, d'abord dans un ménage anglais, ensuite chez le diplomate sud-américain qui l'avait amenée en France.

Si elle ne me disait pas ce qu'elle comptait faire, j'avais l'impression qu'elle avait son idée, qu'elle l'avait déjà lorsque je l'avais rencontrée rue Auber l'après-midi de Noël.

Je n'étais pas jaloux. Pourtant, quand je vis dans le placard deux robes que je ne lui connaissais pas, des robes dans le genre de celles que portaient, au Moulin-Rouge, les femmes qui entouraient le bar, j'eus une sensation désagréable et il m'a fallu un certain contrôle sur moi-même pour ne pas poser de questions.

C'était elle qui se préoccupait de mon avenir, de son point de vue, fatalement, puisque aussi bien elle avait une autre vision du monde que la mienne.

— Je ne comprends pas pourquoi tu n'as pas choisi un autre travail.

J'avais horreur qu'on s'occupe de mes affaires et

je me demande encore comment une dispute n'a pas éclaté.

— Je t'ai entendu parler anglais, l'autre jour. Tu le parles comme un Anglais. Il y a des tas de métiers que tu pourrais faire.

Elle n'a pas achevé sa pensée ce soir-là, mais plus tard, et justement alors que, rue de Richelieu, on m'employait davantage à l'intérieur qu'à faire des courses, ce qui me déplaisait.

Nous passions devant une boîte de nuit et, sur le seuil, se tenait un portier en uniforme bleu pâle qui, me sembla-t-il, battit des yeux à l'adresse de Pilar.

— Tu sais combien il se fait ? me demanda-t-elle cinquante mètres plus loin.

— Qui ?

— L'homme que tu as vu à la porte du Boston. Il gagne, en une nuit, rien qu'avec les pourboires et les ristournes des filles et des chauffeurs de taxi, plus que toi en un mois.

Le soir, au cours d'une scène violente, à la fin de laquelle je l'ai battue de toutes mes forces, rageusement, méchamment, tandis que des voisins frappaient contre les cloisons, j'ai appris qu'elle connaissait le portier, que c'était un compatriote, un certain Pedro. J'ai appris aussi, ce que j'ignorais jusque-là, que certains cabarets ouvraient l'après-midi, pour le thé dansant, et que Pilar y allait plusieurs fois par semaine.

Cela expliquait les deux robes neuves, les billets qui ne diminuaient pas dans le sac à main, encore que Pilar intervînt dans nos dépenses. Cela expliquait beaucoup d'autres choses, y compris, peut-être, pourquoi, le jour de Noël, elle m'avait suivi comme si j'incarnais la Providence.

J'étais l'homme dont elle avait besoin pour faire ce qu'elle avait toujours eu envie de faire, pour en avoir le courage, pour se donner un alibi.

J'ai craint, à un certain moment, de l'avoir sérieusement blessée, car, penchée sur la cuvette, elle la maculait de larges gouttes de sang.

— Je t'ai fait très mal ?

Elle secouait la tête, parvenait à dire, sans reproche, entre deux hoquets :

— Non, chéri.

Elle était nue, avec du sang sur un sein et une autre traînée sur la cuisse. C'est en vain qu'elle tamponnait à l'eau froide son nez meurtri et quand, beaucoup plus tard, le sang cessa de couler, elle tourna vers moi un visage où la paupière était enflée.

Elle cherchait ses vêtements à la traîne.

— Je m'en vais, chéri. Je m'en vais tout de suite.

Je restais là, gauche, hésitant, à la regarder mettre sa culotte de jersey de soie. Elle levait les bras pour passer sa combinaison quand je la lui ai arrachée des mains. J'ai arraché la culotte aussi, la déchirant d'un geste, et je poussai Pilar vers le lit si durement qu'elle faillit se frapper la tête au mur.

— Reste !

J'ajoutai, pas sûr de moi :

— En tout cas jusqu'à demain.

Elle me regardait avec des yeux peureux, se demandant si j'étais calmé, sentant qu'il y avait encore en moi des remous et que la rage pouvait me reprendre d'un instant à l'autre.

Doucement, je lui ai caressé le front, puis l'épaule. Quand, un peu plus tard, elle a voulu me caresser aussi, d'une façon plus précise, j'ai repoussé sa main en disant :

— Non.

Moins d'une minute après, il est vrai, elle revenait timidement à la charge et je n'ai pas osé refuser ce qu'elle devait considérer comme un gage de son humilité, de sa soumission.

Le matin, nous ressemblions à deux fantômes et le visage de Pilar était déformé, un œil presque clos, la lèvre supérieure enflée. J'ai failli ne pas me rendre à mon travail. Cela n'a tenu qu'à un fil et, si j'étais resté, peut-être aurais-je revêtu l'uniforme bleu et rouge de portier de cabaret.

3

Elle a encore attendu quatre jours et elle est partie sans rien dire. J'ai trouvé en rentrant le placard et les tiroirs débarrassés de ses effets. Sa valise n'était plus dans le coin habituel et il y avait un vide sur la plaque de verre surmontant la cuvette.

Ce n'est qu'en me couchant que, sur mon oreiller, caché jusqu'alors par le couvre-lit, j'ai aperçu le papier. Elle y avait tracé un cœur avec nos deux initiales et, en-dessous, le mot *Adios.* Une boîte en carton plate, oblongue, contenait trois cravates trop rutilantes pour mon goût mais d'une soie somptueuse.

À quelques mois de là, je l'ai entrevue alors qu'elle descendait de voiture en face du Maxim's et, beaucoup plus tard, je l'ai retrouvée à Londres, cette fois nous étions à égalité. Un Anglais important, avec qui j'étais en affaires, l'avait épousée et nous avons dîné tous les trois au gril du Savoy.

Ce n'est pas à cause d'elle, de ce qu'elle m'avait dit de mon avenir et encore moins par désespoir que, deux semaines après son départ, j'ai quitté la Papeterie de la Bourse. Cela se préparait depuis un certain temps, je l'ai dit. Moi non plus, je n'aime pas les adieux, ni le côté spectaculaire des séparations. Je me suis contenté, un matin, d'envoyer à mes patrons un pneumatique annonçant que ma mère me rappelait en province.

Je n'avais aucune idée de ce que j'allais faire. De m'assurer d'avance une autre place m'aurait paru une tricherie, moins vis-à-vis de mes employeurs que vis-à-vis du sort. J'avais besoin d'être libre d'abord, sans attache, et je l'ai été plus longtemps que je n'avais prévu.

On était en février et, après quelques journées de soleil et de temps doux qui avaient laissé croire à un printemps précoce comme il y en a assez souvent à Paris, l'hiver était revenu, avec des bourrasques, de la neige fondue, le thermomètre oscillant entre zéro et cinq degrés. Les gens étaient maussades, comme si on les frustrait d'une chose à laquelle ils avaient droit, et j'ai rarement vu autant de rhumes de cerveau.

Je suis retourné à la devanture des journaux pour étudier les petites annonces, avec la différence que je connaissais désormais les pièges que certaines cachaient et que, si je ne savais pas au juste ce que je voulais, je savais ce que je ne voulais pas.

Le peu d'argent que je possédais a passé très vite. J'ai écrit à ma tante Louise pour lui en demander et le mandat-carte est arrivé un matin qu'il me restait deux francs en poche et que je n'avais pas payé ma chambre depuis plusieurs semaines. J'ai commencé par calmer les inquiétudes de ma logeuse, dont les seins me paraissaient d'autant plus tentants que j'étais privé de femme depuis vingt jours. J'ai remédié à cela aussi, immédiatement, dans un de ces entresols qui ouvrent à peu près aux mêmes heures que les banques et les bureaux de poste.

Quelques jours plus tard, aux Halles, vers une heure du matin, je guettais, dans l'ombre du trottoir, le moment de me mêler, sans être remarqué, aux hommes qui déchargeaient un camion de choux-fleurs. J'étais déjà venu deux ou trois fois auparavant pour observer et pour apprendre la technique.

Beaucoup de gens, surtout parmi les artistes et les écrivains arrivés, se vantent, comme d'un exploit, d'avoir déchargé les légumes aux Halles, comme s'ils avaient touché ainsi le fond de la détresse humaine.

Si je ne l'ai pas fait longtemps, je prétends néanmoins que c'est de la littérature. Il est vrai qu'on trouve rassemblé, la nuit, aux Halles et dans les rues d'alentour, tout ce qui est à la traîne dans Paris et tout ce qui n'a pas en poche de quoi se payer une chambre ou un repas chaud.

L'hiver, il y fait froid, c'est exact aussi, mais il y a les braseros des marchands de frites et de saucisses pour vous réchauffer et on peut entrer dans n'importe quel bistrot sans qu'on vous pose de questions.

Justement parce que c'est le rendez-vous des poches vides, des sans-espoir, la misère est moins pénible qu'ailleurs et on trouve toujours une pièce à ramasser par-ci par-là.

Les maraîchers, les paysans, les mandataires et leurs employés ne donnent rien pour rien et sont obligés de procéder au pointage des hommes qui forment la chaîne pour le déchargement des légumes et des fruits en cageots ou en vrac, de la volaille, du beurre, de tout ce qui se mange et s'entasse, en piles régulières, à mesure que la nuit s'avance, sur le carreau et sur les trottoirs. Ils ne sont cependant pas à une unité près et je suis toujours parvenu à me mêler à une équipe et à recevoir, en fin de compte, de quoi manger.

La deuxième nuit, vers le matin, un peu avant le coup de cloche, j'ai aperçu Barderini qui venait faire ses achats, une grosse écharpe rouge autour du cou, et je me suis arrangé pour ne pas être vu.

Ce qui fait peut-être aussi l'atmosphère particulière des Halles, c'est que ceux qui y travaillent, ceux qui y vendent, qui y achètent, aussi bien que les intermédiaires, ne sont pas, pour la plupart, d'une origine très différente de ceux qui y sont à la traîne ; en outre, on n'y échange pas de chèques, la richesse ne s'y marque pas par des signes abstraits, mais on tire de gros paquets de billets de ses poches.

Les noctambules eux-mêmes sont comme en état de grâce. Ils viennent, moins pour admirer le prodigieux amoncellement de victuailles arrivant de partout, que pour regarder de près les miséreux.

Du coup, ils n'attendent pas qu'on leur demande quelque chose : toute silhouette dans l'ombre, tout visage pâle de fatigue dans le coin d'un bistrot devient un cas et ils ont tendance, sans y être invités, à sortir de l'argent de leur smoking.

Les filles, presque toutes chevronnées, font un métier dur et travaillent, non seulement dans les chambres des maisons les plus croulantes de Paris, mais dans l'obscurité des allées, des impasses, parfois sur un seuil ou à l'abri d'une pyramide de légumes.

Tout le monde se retrouve dans un certain nombre de cafés aux vitres embuées qui sentent les pieds sales et la campagne. Si on y boit au comptoir et à quelques tables, du café, des grogs, du vin rouge, du calvados, du marc, toute la gamme des boissons, d'autres, debout, une épaule appuyée au mur, ne font qu'attendre en somnolant.

Enfin, on n'y connaît pas la répugnance. La saleté, les infirmités, la maladie ne comptent pas, on côtoie toutes les difformités, toutes les tares, sans étonnement, sans pitié, sans répulsion.

Je ne suis passé, en définitive, qu'en amateur. Je n'ai pas eu mon coin, mes habitudes, comme tant d'autres. Je n'ai pas fait partie du groupe, car c'en est un aussi, mais j'ai bien regardé autour de moi et je me suis dit que, si je n'arrivais pas tout en haut comme je l'espérais plus que jamais, c'est ici, tout en bas, que je reviendrais.

Je ne sais plus si je crois ou si je ne crois pas aux prémonitions. Il me restait un franc cinquante en poche, plus ma chambre, payée jusqu'au samedi, et on devait être mercredi. Il tombait, ce soir-là, une pluie froide, abondante, qui rendait déserts les larges trottoirs des Grands Boulevards et mettait des moustaches liquides aux taxis et aux autobus.

Il était passé minuit. Je m'étais arrêté dans un café-bar qui faisait alors le coin de la rue Montmartre et du boulevard Poissonnière et qui baignait toujours dans une lumière glauque.

Jusqu'au moment d'entreprendre ce récit, je me rendais mal compte de l'écoulement du temps. Je savais, par exemple, que j'avais passé lentement de l'adolescence à l'âge mûr, mais je restais insensible au changement parallèle des choses autour de moi. Or, à tout propos, je suis invariablement obligé d'écrire : « à cette époque-là ».

C'est au point que je me demande si, alors que je suis loin d'être un vieillard, ceux qui n'ont pas mon âge pourront me comprendre. Encore faut-il, non seulement avoir eu le même âge, mais avoir fréquenté les mêmes endroits, dans le même esprit, dans les mêmes conditions.

Je suppose que ce bar-là avait un nom, mais je ne crois pas l'avoir connu, j'y entrais sans lever la tête, me dirigeant toujours vers le même point du comptoir en demi-lune, celui où un support en fil de fer maintenait une pyramide d'œufs durs.

On trouvait des œufs durs dans d'autres bars, des croissants et des madeleines enveloppées de papier transparent et gras. Pourquoi, ailleurs, cela n'avait-il pas le même caractère de nécessité ?

Je me trompe peut-être, je pense que c'était le seul bar, à l'époque, à rester ouvert vingt-quatre heures sur vingt-quatre et, vers le matin, peu avant que le jour paraisse, les femmes de ménage nettoyaient entre les jambes des consommateurs.

C'était presque une institution, connue d'un certain

nombre d'initiés. Quand les autres établissements des Boulevards étaient fermés, on y rencontrait des chauffeurs de taxi, des filles, des marchandes de fleurs, des gens de profession indéterminée qui, pour la plupart, avaient du temps devant eux et desserraient rarement les dents. L'atmosphère rappelait celle d'un buffet de gare et on se demandait où allait, par exemple, tel homme, jusqu'alors immobile et renfermé, qui se précipitait soudain dehors sur le coup de deux heures ou de trois heures du matin.

Personne ne posait de questions. La seule, que je m'entendais chaque fois poser par le garçon en manches de chemise et en tablier de grosse toile bleue, était :

— Combien d'œufs ?

Cette nuit-là, j'hésitais entre mettre mon pardessus sur la tête pour me précipiter vers les Halles proches, et rentrer me coucher, quitte à me passer de manger le lendemain. Je revois un intermède familier : deux agents à la pèlerine détrempée poussant la porte vitrée et faisant, du regard, le tour des visages.

Je savais qu'ils avaient en tête le signalement des personnes recherchées. Le bar était un des endroits où ils ne manquaient pas de venir jeter un coup d'œil, et pourtant je n'ai jamais été témoin d'une arrestation.

Une seule fois, un individu bedonnant, à la peau grasse, au regard fuyant, a été interpellé, et j'ai cru qu'il allait prendre ses jambes à son cou pour s'enfuir. Au lieu de cela, il a tiré de sa poche un portefeuille usé. Ses gros doigts, un peu tremblants, y cherchaient quelque chose et il a fini par tendre aux agents, non pas une carte d'identité, mais un papier jauni, aux plis cassés. Un des policiers lisait par-dessus l'épaule de son camarade. Celui-ci a rendu le papier sans un mot et tous les deux, avant de partir, ont touché du bout des doigts le bord de leur képi.

Ce n'était pas le soir qu'il pleuvait si dru. Le soir de

la pluie, je venais de manger trois œufs durs et je calculais que, quand je les aurais payés, ainsi que mes deux cafés, il me resterait à peu près quarante centimes. Je ne me sentais cependant pas le courage d'aller, les souliers pleins d'eau froide, coltiner des cageots mouillés sous la lumière dure d'une lampe à arc.

Du temps s'est écoulé, à remettre sans cesse ma décision. Je n'avais pas l'énergie non plus de m'élancer tout de suite vers la rue de Douai. Pourquoi, dans ce bar-là, tout le monde regardait-il vaguement vers la porte au lieu d'être tourné vers les bouteilles alignées comme cela se passe aux autres comptoirs ? On aurait dit que chacun avait un rendez-vous mystérieux, ou attendait le miracle d'une rencontre.

C'est ce qui m'est arrivé. Un homme est sorti d'un taxi, un homme qui venait donc exprès, et il n'a pas renvoyé la voiture. Je la voyais, au bord du trottoir, avec le moteur qui continuait à tourner et qui crachait un peu de fumée dans la pluie.

Comme les agents, il a entrouvert la porte, marquant un temps d'arrêt, et j'ai cru d'abord que c'était une fille qu'il cherchait. Il y en avait trois, au bout du comptoir, qui, comme à un signal, avaient cessé de bavarder et avaient pris la pose.

Or, c'est sur moi que le regard de l'homme s'arrêta, pas seulement sur mon visage, mais sur mes chaussures, sur mes mains, sur les écailles d'œufs durs que j'avais écrasées machinalement. Je l'ai vu s'approcher, différent des clients habituels, sans pourtant que le garçon se montrât surpris.

— Une fine, a-t-il commandé.

Et, comme le garçon tendait le bras vers une bouteille :

— Pas celle-là.

Il en désigna une autre, tira un étui à cigares de sa poche. Il avait l'âge que j'ai aujourd'hui, une cinquantaine d'années, les cheveux presque blancs, d'un blanc soyeux, la peau rose et, dans ses yeux bleus, ce que j'ai envie d'appeler une gravité légère, un mélange d'expérience humaine et de joie de vivre.

Ses vêtements, son aspect étaient d'un homme fortuné qui fréquente les restaurants à la mode et s'habille chez les bons tailleurs, et si je devais le situer au Moulin-Rouge, par exemple, il y serait entré tout de suite, en faisant passer une jeune femme devant lui, dans le cabaret aux tapis et aux candélabres qui n'ouvrait ses portes qu'après le départ de la foule.

Je savais que les autres nous observaient et j'avais cru surprendre un sourire équivoque sur les lèvres d'une des femmes. Je devinais sa pensée et j'en étais gêné, car la même idée venait de me passer par la tête. J'hésitais à payer tout de suite et à m'en aller quand l'homme a dit tranquillement, à mi-voix :

— Sans un ?

J'ai fait oui de la tête, impressionné, mal à l'aise.

— Seul à Paris ?

C'était un interrogatoire, et pourtant le ton n'était pas interrogateur. L'étranger avait plutôt l'air d'affirmer.

— Ambitieux ?

À ce moment-là, il se tourna vers le garçon, dut lui adresser un signe, car je me trouvai l'instant d'après un verre de fine à la main.

— À votre santé.

Je balbutiai :

— Merci. À la vôtre.

— Français ?

— C'est-à-dire…

Je ne pouvais pas m'empêcher de répondre et j'éprouvais le désir de le faire avec exactitude, sans tromperie.

— Ma mère est française, mon père anglais.

Dès lors, c'est dans cette langue, qu'il parlait sans le moindre accent, qu'il poursuivit l'entretien.

— Quelles études ?

— Je suis allé jusqu'au premier bac.

À mesure que notre conciliabule s'avançait, il paraissait plus satisfait de lui et de moi.

— Une liaison ? Une petite amie ?

Je fis non de la tête et, s'il avait insisté, je lui aurais raconté mon aventure avec Pilar. Malgré mon intention de me raidir, je ne pouvais m'empêcher de répondre en confiance. Qui sait si les quelques répliques suivantes n'ont pas été décisives ? Il me fixait de ses yeux bleus, qui n'avaient rien d'inquisiteur, des yeux, aurait-on dit, qui n'avaient pas besoin de chercher, parce qu'ils savaient.

— Qu'est-ce que vous comptez faire ?

— Je ne sais pas.

— Qu'est-ce que vous espérez ?

Sans réfléchir, le regard durci, j'ai répondu :

— Tout.

Alors, il m'a posé la main sur l'épaule et j'ai compris qu'il n'y avait rien d'équivoque dans son geste.

— Dans ce cas, nous pourrons nous entendre.

Ses yeux firent le tour des murs d'un blanc crémeux, s'arrêtèrent un instant sur chacune des silhouettes figées dans la lumière crue.

— Je suppose que vous aimeriez vivre ailleurs ?

Il souriait, déjà sûr de moi, n'attendait pas ma réponse.

— Et gagner beaucoup d'argent, le gagner vite ?

J'ai su plus tard qu'il avait une technique, qu'il en avait une en tout, qu'aucun de ses faits et gestes n'était laissé au hasard. Il faisait signe au garçon, posait un billet sur le comptoir.

— Demain, il faudra que vous veniez me voir et que nous ayons une conversation sérieuse. Un taxi m'attend à la porte. Où désirez-vous que je vous dépose ?

Il m'a fait passer devant lui et j'ai senti le bar s'éloigner derrière moi comme si c'était l'établissement qui disparaissait et non pas nous qui le quittions.

— Vous habitez en meublé ?

— Rue de Douai. Hôtel du Grand Saint-Georges.

Il tira la glace pour donner l'adresse au chauffeur. Puis, se penchant vers la portière afin d'y voir à la lueur des becs de gaz, il chercha une carte de visite dans son portefeuille et me la remit.

— Onze heures, si cela vous convient. Ou onze heures et demie. Je suis volontiers paresseux le matin. Vous me demandez au concierge de l'hôtel.

Le taxi, dans les rues désertes, avait déjà parcouru le court chemin qui nous séparait de la rue de Douai. Quand il s'arrêta, mon compagnon regarda l'entrée du Grand Saint-Georges et je jurerais qu'il a hoché la tête d'un air désapprobateur. Il semblait dire que ce n'était pas ma place, que j'avais perdu mon temps, que je m'étais engagé dans une mauvaise voie, et ce jugement, pourtant inexprimé, dont je n'étais même pas sûr, me valut une nuit agitée.

J'ai dormi. Je dormais toujours. Mais j'ai fait des rêves compliqués, fatigants. Je me retrouvais sans cesse au mauvais endroit. Je faisais demi-tour, décidé à ne plus me tromper, et je me perdais, je tirais une carte de visite de ma poche et m'apercevais que je marchais une fois de plus vers une fausse adresse. Je balbutiais des excuses, j'ignore à qui, car je ne vois guère, dans mon rêve, que des garçons de café et des agents de police.

Avant de me coucher j'avais lu la carte de l'inconnu. Elle était gravée sobrement et le bristol m'en parut d'une qualité rare.

Alvin Haags
Hôtel Victoria
28 bis, rue de Bourgogne, Paris.

Je ne connaissais pas la rue de Bourgogne. Je ne savais pas où la situer et je n'avais pas de plan de Paris dans ma chambre, car j'avais donné celui que je possédais à Pilar, qui l'avait emporté avec ses affaires.

C'est sans doute parce qu'en m'endormant je cherchais dans quel quartier, dans quelle atmosphère placer Alvin Haags que je devais faire ces rêves harassants.

Je n'avais pris aucune décision. Je n'ai pas eu à en prendre. Le matin, j'ai regardé longuement la carte de visite avant de me raser. J'ai pris un bain, au fond du couloir, à l'heure où la salle de bains était rarement occupée parce qu'au Grand Saint-Georges la plupart des locataires dormaient encore.

Je ne me suis pas renseigné auprès de la logeuse, ni auprès de personne, et j'ai consulté le plan de Paris à l'entrée du premier métro. J'ai trouvé la rue de Bourgogne sur la rive gauche, derrière le Palais-Bourbon, dans le quartier calme et un peu solennel que j'avais parcouru, le jour de mon arrivée à Paris, en sortant de la gare d'Orsay.

Il n'était que dix heures du matin et je suis allé à pied, en regardant parfois avec inquiétude mon image dans la glace des vitrines. J'arrivai beaucoup trop tôt devant l'Hôtel Victoria, qui avait un aspect paisible et cossu, avec des plantes vertes dans des vases de faïence des deux côtés du portail et, au fond du couloir, ce qui me paraissait une verrière, une sorte de serre, car il y avait encore des plantes vertes, des fauteuils de rotin, des guéridons couverts de magazines.

J'ai tourné plusieurs fois autour du pâté de maisons, m'arrêtant chaque fois devant les mêmes étalages et regardant l'heure, derrière le Palais-Bourbon, à l'horloge pneumatique, car j'avais revendu ma montre.

C'est Alvin Haags qui allait être mon passeur et c'est

avec lui que je devais, pour la première fois, passer la ligne en fraude.

Certains, si on me lit un jour, ce dont je commence à douter, me chicaneront sur cette ligne, m'accusant de la tracer d'une façon arbitraire, voire un peu naïve, et de la placer où elle n'est pas. À quoi je répondrai d'abord que chacun, selon son point de départ et son point d'arrivée, a tendance à placer la ligne à un endroit différent, souvent à la confondre avec le vague tracé d'une case ou d'un groupe de cases.

Je dirai ensuite que je ne considère pas cette première expérience comme la plus importante, que j'en ai connu deux par la suite, ce qui est rare dans la vie d'un homme, et que je prétends savoir ce que je dis.

Cela m'amuse, d'ailleurs, de penser que des discussions semblables ont éclaté entre explorateurs ayant visité le même pays, certains allant jusqu'à accuser les autres d'imposture.

Pendant un peu plus de deux ans, j'ai vécu avec Alvin Haags, plus exactement sous sa direction, une existence si particulière qu'elle pourrait paraître incroyable, et je renvoie ceux qui douteraient de mon récit aux archives de la Sûreté Générale.

Tout d'abord, il m'a fallu faire peau neuve, changer ma façon de m'habiller et beaucoup de mes habitudes, de mes réflexes, que je n'avais jamais considérés comme significatifs, ni comme révélant un milieu social plutôt qu'un autre.

Cela a ressemblé quelque peu à la transformation qu'on opère sur une fille qu'on ramasse dans le ruisseau et qu'on s'apprête à lancer dans la haute galanterie.

Or, si c'est assez courant pour le sexe féminin, le fait est rare pour un garçon, et c'est pourquoi je donne certains détails qui, autrement, sembleraient oiseux.

Je me rappellerai toujours que c'est par les chaussettes que M. Haags a commencé, allant en personne me choisir, place Vendôme, des chaussettes unies, en fil, avec une simple baguette sur le côté, après quoi il me conduisit dans un magasin de chaussures anglais.

— En attendant que vous ayez des souliers sur mesure, me dit-il.

Dans une chemiserie, ce fut le tour des caleçons, des chemises et des pyjamas, sobres, unis, en batiste ou en oxford, que je ne pus emporter, car il fallait les marquer de mes initiales.

— Plus tard, tout cela sera fait spécialement pour vous.

Je m'expliquai maintenant l'aisance qui m'avait frappé chez certains hommes, comme M. Haags lui-même. Ils ne portaient que des choses banales en apparence, et pourtant tout avait un caractère particulier que je n'avais pas compris.

Le tour du tailleur est venu en dernier, non pas un tailleur avec pignon sur rue, ni avec un nom à la mode, mais un entresol, rue Saint-Honoré, où je fus surpris par le choix de mon compagnon. Il commanda d'abord deux pantalons de flanelle grise, insistant sur la place exacte de la ceinture, sur la cassure du coup de pied, la forme des poches. Pour les vestons, il désigna, dans les liasses de tweed, des échantillons rugueux et souples tout ensemble, un dans les gris bleutés, l'autre dans les tons rouille. Un complet croisé gris et un smoking devaient compléter ma garde-robe de base, avec un demi-saison et un imperméable.

Il choisit mes chapeaux avec le même soin, m'interdit les cravates à rayures et, pour ce qui est des bagages, me conduisit dans un étrange magasin, près du Crédit Municipal, dans le quartier du Marais que je connaissais bien, afin d'acheter des sacs en cuir épais, aux fortes serrures, aux poignées solides.

— C'est d'après vos bagages qu'on vous jugera à votre arrivée dans les hôtels. Il importe qu'ils soient de première qualité, qu'ils portent de préférence la marque d'un grand mallier de Londres ou de Paris, mais il est non moins important qu'ils ne soient pas neufs. Il est même préférable, étant donnés votre âge et le rôle que vous allez jouer, qu'ils aient servi à votre père, sinon à votre grand-père.

Je me montrai docile, sans impatience. J'avais changé d'hôtel, comme je m'y attendais. M. Haags m'avait introduit, en se faisant passer pour mon oncle, dans un hôtel de la place de l'Odéon, qu'on remarquait à peine de l'extérieur, et où on trouvait des gens de tous les pays, des étudiants, des professeurs, ainsi qu'un assortiment de personnages étranges que j'aurais été bien en peine de situer. J'y avais une chambre assez grande et, pour la première fois de ma vie, une salle de bains.

— Maintenant, vous pouvez demander un passeport.

Ce fut facile. Les formalités étaient moins compliquées qu'aujourd'hui et j'eus droit à la mention « étudiant », que mon mentor m'avait recommandé de réclamer.

Je savais que j'avais eu au moins un prédécesseur, un jeune Égyptien de bonne famille ; je savais aussi qu'il ne lui était rien arrivé de dramatique ou de déplaisant, mais que, suivant les conventions passées entre les deux hommes, l'Égyptien avait repris sa liberté dès qu'il avait amassé assez d'argent pour faire ses études de médecine. Il était à ce moment à la Faculté de Montpellier.

Ce n'est pas en France, pour des raisons de prudence qui m'ont été expliquées, que j'ai été initié à la vie des grands hôtels et à leurs rouages, mais nous sommes allés, pour cela, à Amsterdam.

— Je n'ai jamais travaillé à Amsterdam, m'avait dit mon compagnon, et je ne compte pas le faire. Je n'ai jamais travaillé à Paris non plus, mais, tout comme à Londres et à New York, la police y dispose des informations du monde entier et je préfère ne pas me montrer dans les endroits trop surveillés.

Il jouait franc jeu avec moi et m'avait expliqué par le menu en quoi consisterait ma collaboration une fois que je serais au point. Je n'ai eu aucune révolte, aucune réaction d'ordre moral, si on me pose la question, encore que j'aie été assez impressionné.

Il me faisait peu de confidences sur son passé mais, par bribes, j'ai quand même appris un certain nombre de choses, entre autres qu'il avait été arrêté trois fois, qu'il avait fait de la prison en Angleterre, où il avait soin de ne plus mettre les pieds, qu'il avait été relâché les deux autres fois faute de preuves et que, depuis dix ans qu'il avait mis son nouveau système au point, la police ne l'avait jamais inquiété.

En apparence, à Paris tout au moins, il vivait confortablement, mais modestement, fréquentant de bons restaurants d'habitués, prenant ses deux whiskies, chaque soir, dans le même bar de la rue Daunou où fréquentaient des Anglais respectables.

Comment opérait-il avec son nouveau « système », je l'ignore, comme j'ignore ses origines et sa véritable nationalité car, plus tard, j'ai appris que, s'il se faisait appeler Haags, il avait été successivement Cottin, Chailloux, Sautard, et que, pendant tout un temps, on l'avait connu sous le sobriquet de Baron.

Mes premières leçons ont été faciles, dans une ville que je continue à aimer, et nous avons passé une partie de notre temps à visiter les musées. J'apprenais à distinguer un portier d'un concierge, un liftier d'un chasseur, et toute la hiérarchie qu'on trouve derrière la réception des palaces, la hiérarchie de la salle à manger aussi, partant du maître d'hôtel aux garçons en passant par les chefs de rang et par les commis. La cravate noire des uns, la cravate blanche des autres, l'habit ou le smoking acquéraient pour moi une signification, en même temps que je m'initiais à la topographie et qu'on me faisait découvrir, derrière certaines portes que rien ne distingue des autres, les coulisses de l'établissement, les pièces où se tient le personnel d'étage, les escaliers de fer, les monte-charges, le domaine des gouvernantes, des garçons et des valets.

Je prenais de l'assurance et m'habituais à doser mes pourboires, à les calculer vite, sans exagérer dans un sens ou dans l'autre.

À Paris, je retournai place de l'Odéon et M. Haags partit pour la Côte d'Azur, m'annonçant qu'il reviendrait bientôt et me recommandant de mener, dans les limites du Quartier Latin, la vie d'un étudiant qui se soucie peu de ses études.

Ainsi donc, avec lui, j'avais enfin cessé d'appartenir, si peu que ce soit, à un milieu déterminé et, si je passais d'une case à l'autre, c'était par jeu. J'apprenais, en définitive, à devenir l'homme de nulle part et de partout que j'avais confusément rêvé d'être.

J'avais de l'argent en poche, pas en excès, assez pour choisir mes compagnes à un échelon supérieur, ce qui m'a plutôt déçu, car, sans le côté impérieux de mes aventures de jadis, sans l'espoir toujours déçu de tomber sur une exception, mes désirs étaient moins fréquents et moins douloureux.

Je ne sacrifiais plus un ou plusieurs repas. Je ne courais plus d'un carrefour à un autre, lançant des coups d'œil anxieux à la porte des hôtels louches.

J'ai essayé de retourner à certains endroits d'autrefois et j'ai compris que ce n'était plus possible, et pas seulement à cause de moi. J'avais beau être le même homme, avoir à peu près le même âge, les femmes me regardaient avec méfiance, se demandant ce qui me poussait vers elles, me soupçonnant peut-être de vices honteux.

J'exagérais sans doute, comme tout néophyte, l'étendue de ma transformation. J'étais toujours moi, soit. Je n'avais réalisé aucun exploit et, dans mon association avec Haags, je n'aurais pas à en réaliser. Ce qu'on attendait de moi était facile et des centaines de jeunes gens auraient pu prendre ma place. Était-ce d'avoir été choisi que j'étais fier ? C'est possible. Et aussi d'avoir toujours prévu que cela arriverait. Enfin, de savoir que ce n'était qu'une étape.

Car j'avais la conviction que je ne jouais qu'un rôle provisoire, que ce n'était pas Haags qui se servait de moi, mais moi qui me servais de lui, pour gagner du temps.

Tout ceci peut paraître confus. On y verra peut-être l'indice d'une mauvaise conscience. Encore une fois, je serre la vérité d'aussi près que possible et je suis sûr de ne rien inventer après coup.

Je n'avais pas le téléphone dans ma chambre et, un matin de la fin de mars, j'ai reçu un pneumatique me donnant rendez-vous dans un restaurant du Palais-Royal.

M. Haags me parut un peu bronzé mais, maintenant qu'il s'agissait de travailler, plus grave et plus tendu que d'habitude.

Il m'avait mis au courant de sa méthode, laquelle consistait, contrairement à ce que j'aurais supposé, à préparer quatre ou cinq coups à la fois, à les réaliser tous dans la mesure du possible, puis à laisser s'écouler un certain temps avant de recommencer ailleurs.

Il ne dépensait qu'une très petite partie de l'argent qu'il récoltait de la sorte, s'interdisait tout achat inconsidéré qui pourrait attirer l'attention et jouait, à chaque endroit où il se trouvait, son personnage avec un souci minutieux du détail.

Je me suis demandé et je me demande encore si, à un certain moment de sa vie, il n'a pas appartenu au monde du cirque ou du music-hall. Ce n'est pas seulement son agilité incroyable qui m'y a fait penser, mais cette façon de préparer son travail avec une patience méticuleuse, de tout répéter maintes fois comme on répète un numéro de trapèze et, au dernier moment, j'allais dire au moment d'entrer en piste, de vérifier une dernière fois les agrès.

Un jour que nous étions à Deauville, une photographie de jeune fille s'est échappée de son portefeuille et, après avoir rougi, il m'a confié que c'était sa fille, qu'il faisait élever en Italie. Je ne sais rien de plus d'elle, sinon qu'elle m'a paru belle, et il ne m'a pas parlé de sa mère, ne m'a jamais entretenu de ses relations féminines.

Ce jour-là, après le déjeuner, nous avons marché dans les rues et il m'a donné des instructions que je gravai dans ma mémoire avec le trac d'un acteur qui se prépare à affronter le public pour la première fois.

Le soir même, je prenais le Train Bleu à la gare de Lyon et, peu après huit heures du matin, le pisteur galonné d'un des palaces de la Croisette saisissait mes bagages, car je m'étais annoncé par télégramme.

Je n'ai pas de scrupules à donner des détails sur mon activité ; il y a longtemps que la presse a exposé le mécanisme de toutes les escroqueries et de tous les vols imaginables.

La méthode de Haags n'était originale que par sa préparation qui, si tout marchait bien, laissait pratiquement la police les mains vides.

Apparemment, j'étais un jeune étudiant anglais de bonne famille qui attendait ses parents sur la Côte, et personne ne s'étonnait de me voir lire dans le hall, à proximité des ascenseurs, ou face au concierge et à son tableau de clefs.

On me voyait aussi sur la Croisette, au Casino, en particulier aux galas, car j'étais encore mineur et la salle de jeux m'était interdite.

Cette fois-là, j'avais un objectif précis : Mrs Forester, une Américaine d'une cinquantaine d'années qui, elle,

167

jouait gros jeu, buvait énormément, au bar de l'hôtel et au bar du Casino, et ne se couchait pas avant quatre heures du matin. Elle était veuve et propriétaire d'une des plus grandes marques de chapeaux d'outre-Atlantique.

Le questionnaire, que j'avais appris par cœur, était minutieux et comportait des questions dont l'utilité m'échappait. Dès le premier jour, j'avais réussi ce que je considérais comme le plus difficile de ma besogne, c'est-à-dire prendre, sans être surpris, une empreinte de la serrure du 661-663, qui était l'appartement de Mrs Forester.

L'empreinte était partie pour Paris, dans une petite boîte que j'avais moi-même portée à la poste, et le reste du programme se déroulait sans imprévu. Je notais patiemment, chaque fois que je rentrais dans ma chambre, – j'en avais changé, pour être au sixième aussi, – les allées et venues de l'Américaine, de sa femme de chambre personnelle, de ses amis, les moments de la journée où elle appelait la masseuse, ou bien où elle commandait à manger ou à boire.

Cela fournissait un horaire déroutant, nouveau pour moi, en tout cas, et je devais m'efforcer de prendre note aussi des appels téléphoniques et de l'heure à laquelle ils avaient lieu d'habitude.

J'étais loin de la bicoque de Saint-Saturnin, où les heures se passaient sans que jamais rien se produisît, non moins loin de la rue Saint-Antoine et des croissants dévorés aux comptoirs.

Deux fois par jour, au moins, rarement trois, car Mrs Forester ne déjeunait presque jamais et ne commençait ses journées que vers quatre heures de l'après-midi, deux fois par jour, dis-je, je passais une heure ou deux au bar et personne ne me remarquait parce que j'étais exactement comme je devais être.

Chaque soir, j'envoyais mes notes, portant toujours

mes lettres à la poste, et le vrai travail s'effectuait à Paris, c'était à M. Haags, à l'aide de mes comptes rendus, d'établir les « constantes » dans les horaires et de découvrir le « trou ».

— Il y a toujours un trou, m'a-t-il affirmé un jour. Seulement, il faut parfois des semaines pour le découvrir, et il arrive qu'alors il soit trop tard.

Mrs Forester, les journaux l'avaient annoncé, devait rester à Cannes trois semaines avant d'entreprendre une croisière, sur le yacht de ses amis, en Méditerranée orientale.

Je savais, par Haags, et je l'aurais facilement découvert en observant les allées et venues de la clientèle, où étaient les coffres loués par l'hôtel. La plupart des femmes s'y arrêtaient avant de sortir, certaines plusieurs fois par jour, car elles changeaient de bijoux aussi souvent que de robes.

Chaque nuit, en revenant du casino, Mrs Forester s'y arrêtait aussi, de sorte que l'entreprise de Haags m'a paru longtemps impossible. Elle a pourtant eu lieu et a réussi. Je lui avais envoyé une dizaine de comptes rendus, où l'emploi du temps changeait pour certaines heures mais où, pour d'autres, il était presque invariable.

J'ai reçu alors de Paris le télégramme convenu, en anglais, me disant que mon père m'y attendait. Mon rôle était terminé.

Je savais qu'à l'heure où je prenais le train de nuit en gare de Cannes, Haags, à la gare de Lyon, prenait le train en sens inverse. Je ne risquais rien. Mes rapports, si on avait voulu m'incriminer, n'étaient pas signés, et j'avais pris la précaution de changer mon écriture. En outre, mon compagnon les brûlait au fur et à mesure.

Je savais aussi qu'il ne descendrait pas à Cannes, mais à Nice, qu'il ne s'y montrerait dans aucun hôtel et qu'il prendrait aussitôt l'autocar.

Le coup aurait lieu le jour même, et Haags gagnerait

Marseille par un autre car, pour y rester au moins une semaine.

Pour ma part, je n'aurais de nouvelles que par les journaux, et il n'y eut rien ce jour-là dans les quotidiens du soir, ni, le lendemain, dans ceux du matin. C'est à midi seulement que je trouvai, en troisième page, un titre peu apparent : *Audacieux vol de bijoux à Cannes.*

On ne citait pas le nom du palace, pas plus qu'on ne le cite lorsqu'il s'y produit un suicide ou un accident. On le faisait exprès, me sembla-t-il, de fournir peu de détails, mais je n'en apprenais pas moins que le coup avait réussi.

La tactique de Haags consistait à entrer par la grande porte, et il avait suffisamment l'air d'un habitué des grands hôtels pour qu'on ne songe pas à l'interpeller. Au besoin, il se dirigeait vers le bar. Puis, il se faisait conduire, en ascenseur, à un étage différent de celui où il avait à faire, gardant en tête, en cas de nécessité, le nom d'un locataire de cet étage qui n'était pas chez lui à ce moment.

Vêtu de bleu marine, chapeau gris perle, manteau sombre, les cheveux teints en châtain clair pour la circonstance, il passait inaperçu parmi les allées et venues d'un palace et ce n'était jamais à lui que pensait le personnel une fois que l'alerte était donnée.

Il travaillait indifféremment de nuit ou de jour, et ce n'est qu'exceptionnellement qu'il s'en allait par l'entrée de service, qu'il considérait comme plus dangereuse et presque toujours mieux gardée que l'entrée principale.

Il lui arrivait même de ne pas quitter les lieux, de rester assis devant une demi-bouteille de champagne sur un tabouret du bar.

Cette fois encore, grâce à mes renseignements précis, grâce aussi, bien entendu, à sa manière de les interpréter, il avait trouvé le « trou ».

Vers quatre heures de l'après-midi, pendant le massage, c'était la femme de chambre qui descendait au coffre pour y prendre la boîte à bijoux, qu'elle ne redescendait que beaucoup plus tard, sa maîtresse une fois habillée et, le plus souvent, partie.

Après le départ de la masseuse, Mrs Forester prenait son bain.

Haags ne m'a pas fait de confidences par la suite. Il ne m'a jamais fourni le détail de ses coups, mettant une certaine coquetterie à leur laisser leur mystère.

Je suppose qu'il a conclu, de mes rapports, que la femme de chambre suivait sa patronne dans la salle de bains. Il savait aussi que, vers cette heure-là, le garçon d'étage entrait parfois pour desservir.

Le reste demande une mise au point précise, un sang-froid complet. Si la femme de chambre a entendu du bruit, elle ne s'est pas retournée, incapable de penser à quelqu'un d'autre qu'au garçon.

Qu'aurait-il fait s'il avait été surpris ? Je présume qu'il aurait prétendu avoir trouvé la porte entrouverte et qu'il aurait cité le nom d'un locataire du même étage.

Il réduisait les risques au strict minimum. Peut-être n'est-il pas resté un quart d'heure dans l'hôtel et, quand Mrs Forester a constaté que ses bijoux avaient disparu, était-il déjà installé dans le car de Marseille, à lire les journaux du soir.

Parlant de la valeur des pierres dérobées, la presse, comme d'habitude, a cité un chiffre fantastique. J'ignore comment Haags les monnayait. Je pense que, s'il en vendait, c'était beaucoup plus tard, et seulement une toute petite partie à la fois. Il n'était pas si différent de ma mère, en définitive. Il amassait quelque part un magot pour ses vieux jours, en se promettant une existence paisible et respectable. J'ai la preuve que sa fille a été élevée au couvent et qu'il avait, pour elle, de hautes ambitions.

Les journaux avaient à peine fini de parler du vol et

d'un autre, étranger à nous, celui-ci, commis deux jours plus tard dans une villa de Super-Cannes, que j'étais envoyé à Nice, dans un palace en tous points semblable à celui que je venais de quitter.

En deux mois, Haags réussit trois coups d'importance à peu près égale et, après quelques semaines de Paris, c'était à Deauville que j'étais envoyé en mission.

Ouistreham n'était pas loin, où j'avais pêché des équilles, ni Riva-Bella, où j'observais d'un œil sombre les jeunes Parisiens en vacances.

Maintenant, j'hésitais à m'acheter une automobile et me promettais d'en demander la permission à M. Haags.

4

Cela a duré deux ans et demi et, si je donne assez peu de détails sur ce que j'ai vu au cours de cette première exploration, c'est que je n'étais encore qu'un figurant, un accessoire, au même titre, à peu près, que les concierges, les maîtres d'hôtel, les barmen, les croupiers et les garçons de plage. J'ai découvert, pourtant, dans le sillage des riches et des puissants, d'autres figurants encore, souvent des gens titrés ou cultivés, des comtes ou des gradués d'Oxford jouant un rôle indéterminé, dont la présence semblait admise une fois pour toutes.

L'explorateur qui a vaincu l'Himalaya ou qui est descendu à trois mille mètres sous la mer ne revient jamais les mains vides, car il a tout au moins quelques données précises à communiquer. Même s'il n'a vu que des nuages, ou des bancs de poissons dans le reflet de ses projecteurs, il rapporte des chiffres, des mesures fournies par ses instruments.

Quant à ceux qui sont revenus du Pôle Sud ou du Pôle Nord, qu'ont-ils eu de nouveau à nous dire ? Ils savaient, grâce à leurs calculs, qu'ils s'y trouvaient, mais ils auraient aussi bien pu être à cent kilomètres à l'est ou à l'ouest, la glace, le ciel, le silence étant partout les mêmes.

Nous avons fait, outre la Côte d'Azur et Deauville, Biarritz, Ostende, une fois Vichy, deux fois Aix-les-Bains et Le Touquet. Cependant, pour des raisons particulières, M. Haags, qui était avant tout un artisan pour qui la technique était primordiale, préférait le Midi de la France, de sorte que je suis retourné plusieurs fois à Cannes et que j'ai connu Antibes, Menton et Monte-Carlo.

C'était surtout une question de voies d'accès, la possibilité d'allées et venues anonymes le long de cette sorte de boulevard de grand luxe qui s'étire de l'Esterel à la frontière italienne.

Une seule fois, pendant le temps de notre collaboration, il a raté, est reparti les mains vides, à cause d'un valet de chambre qui n'était pas où il aurait dû être, mais il n'a pas éveillé le moindre soupçon et le hasard a voulu que ce soit la même victime que nous retrouvions six mois plus tard au Touquet.

Comme j'ai revu plus tard ces gens-là, que je les ai alors fréquentés plus étroitement, je me contente, ici, de noter quelques-unes de mes premières observations. Et d'abord, ce qui m'a le plus frappé, l'âge moyen de ceux qui m'entouraient, que ce soit à Cannes, à Deauville ou dans les villes d'eau.

À Saint-Saturnin, où tous les âges étaient représentés, on comptait, dans la petite église, autant de baptêmes que d'enterrements, la cour de l'école était l'endroit le plus bruyant et, le long des chemins, on rencontrait plus d'enfants que d'adultes, dans les champs, dans les cours de ferme, on apercevait plus d'hommes et de femmes dans la force de l'âge que de vieillards.

Rue Saint-Antoine, dans les boutiques comme celle de Gino Barberini, où l'on travaillait dix à quatorze heures par jour, on ne voyait guère de vieux non plus et s'il y en avait – surtout des femmes – parmi la clientèle, c'était en marge de la vie du quartier. J'en dirais autant des rues de Paris, des autobus et des métros, de la Papeterie de la Bourse et même des Halles.

Dans le nouveau milieu où j'évoluais, au contraire, on aurait pu croire que la jeunesse commençait à cinquante ans. Sans doute existe-t-il des hommes jeunes qui ont hérité d'une grosse fortune, des couples de moins de trente ans, ou de quarante, qui occupent une situation sociale élevée. Je suppose qu'ils sont ailleurs et que, pour une raison mystérieuse, ils ne comptent guère, car, autour de moi, ils étaient l'exception.

J'ai entendu dire, par des gens qui ne savent pas, que le monde auquel je me frottais dans les palaces, le Tout-Londres, le Tout-Paris, le Tout-New York, n'est constitué en réalité que de marionnettes dont le seul rôle est de briller.

Ce n'est pas vrai. Souvent, je me suis trouvé à côté de financiers que des ministres attendaient timidement dans le hall pendant que, chez le coiffeur du sous-sol, on terminait leur massage facial, et j'ai côtoyé des armateurs qui traitaient d'égal à égal avec les gouvernements, des industriels qui, pour des raisons fiscales ou autres, possédaient des usines dans dix ou vingt pays.

C'est peut-être naïf de ma part de clamer ces découvertes qui n'en sont pas pour tout le monde, et c'est pourquoi je les note ici, où j'enregistre les réactions du néophyte que j'étais.

Jusque-là, je m'étais trompé dans l'arrangement de mes cases, dans l'agencement de ma pyramide. Je m'étais figuré, comme on nous l'apprend à l'école, que le pouvoir, la puissance, s'exercent dans des bureaux solennels où des chefs de service viennent prendre les ordres pour les transmettre ensuite, étage par étage, à toute la hiérarchie.

Cette idée-là était fausse. Plus exactement, je m'en rendais soudain compte, ce n'est là que l'étage supérieur apparent. Dans la réalité, les ficelles, tout au moins les plus importantes, celles qui commandent à la mécanique sociale, financière ou industrielle, vont aboutir à un échelon où il n'y a plus besoin de bureaux, et les ordres partent le plus souvent de châteaux de Sologne ou d'ailleurs, de yachts en croisière, d'appartements de palace. Les vraies rencontres, d'égal à égal, entre augures, ont parfois lieu sur la banquette cramoisie d'un coin de salle de jeu, ou à la fin d'un gala au moment où on allume les cigares.

Parce que mon rôle, mon métier, était d'observer du matin au soir et presque du soir au matin, de noter des faits et gestes auxquels la plupart des gens ne prêtent pas attention, pas plus qu'un invité ne va rôder dans la cuisine ou ouvrir les placards à balais, j'ai eu, tout de suite, du milieu dont je m'occupais, une image différente de celle qu'on s'en fait d'habitude et qui m'a fort impressionné.

J'ai dit que presque tout le monde avait plus de cinquante ans. La majorité était beaucoup plus âgée, sauf certaines femmes, certains hommes aussi, que je classerais volontiers parmi les figurants.

Ce qui m'a presque effrayé, c'est leur emploi du temps et la cause de cet emploi du temps.

Le reste du monde se laisse vieillir, ou accepte la vieillesse avec plus ou moins de résignation. Or, j'assistais à une lutte dramatique, de tous les instants, contre la vieillesse, et les femmes n'étaient pas les plus acharnées.

À lire les comptes rendus des journaux, on se figure que les gens dont je parle ont une activité dévorante, car on les voit partout, aux régates et aux championnats de golf, aux concours d'élégance automobile et à tous les cocktails, à tous les galas, dans la salle de jeu, au cabaret.

En fait, la plus grande partie de leur temps se passe à lutter contre l'âge, à récupérer leurs forces, à passer des mains du médecin à celles du dentiste et du masseur, du tailleur et du chemisier, à faire de la culture physique, de la gymnastique respiratoire ou des exercices de yoga, à essayer tour à tour tous les régimes, toutes les drogues, toutes les crèmes de beauté et toutes les teintures.

J'ai entendu un roi, un vrai, encore en possession de son trône, dire au plus grand fabricant de bière du monde, en regardant sa montre :

— Il est temps d'aller à l'usine.

L'usine, dans ce langage-là, c'est le casino, exactement la table du privé.

Et pour les femmes, le cas n'est-il pas plus tragique encore ? La plupart de celles que j'ai vues – je ne parle pas des figurantes – ne se préoccupaient plus de l'amour, mais n'en luttaient pas moins contre une patte d'oie, contre un affaissement des seins ou un épaississement des hanches comme si leur sort en dépendait, même celles qui, veuves ou divorcées, détenaient elles-mêmes, et non pas un mari, l'argent et la puissance.

Pour paraître dix minutes à un cocktail, dans une robe faite tout exprès et qui a exigé cinq ou six essayages épuisants, elles restent des heures étendues dans l'obscurité, immobiles, le visage, le buste et les mains enduites de produits soi-disant bienfaisants. Elles paient quelques whiskies, une soirée de gaieté artificielle, de journées de pénitence et de faim.

J'ai pensé, comme tout le monde, à la vanité. Je crois maintenant l'explication trop simple et inexacte, incomplète en tout cas. Elles se défendent. Elles défendent leur position comme les hommes défendent la leur. Ni les uns, ni les autres n'ont le droit de flancher, car des centaines d'yeux sont fixés sur eux. J'en ai vu, tout le monde peut les voir sur la Côte, qui n'ont plus d'âge, qui ont peut-être quatre-vingts ans, et qui se battent toujours.

Ma mère n'en fait-elle pas autant, à sa façon ? Je suis certain qu'à la mort de M. Gérondeau elle avait amassé un magot suffisant pour vivre en paix. Et Dieu sait de quel prix elle avait payé cette tranquillité, cette sécurité-là ! Or, malgré son âge, elle a encore travaillé pendant dix ans au service d'un vieillard infirme qui retombait doucement en enfance. Espérait-elle, contre toute probabilité, que, cette fois, le miracle se produirait, qu'elle se trouverait enfin couchée sur un testament ?

C'est plus complexe. Et il lui arrive de m'écrire, bien qu'en principe elle ait pris sa retraite, qu'elle est allée donner un coup de main ici ou là, chez des voisins ou chez des gens qu'elle connaît à peine. Je sais ce que cela veut dire. Cela signifie, en réalité, qu'elle ne rate pas l'occasion, quand elle se présente, d'aller faire des ménages.

J'ai pensé à elle dans les palaces, où j'ai ressenti plusieurs fois le même serrement de cœur que quand j'évoque mes glauques souvenirs de Niort.

M. Haags, lui, avait une vision différente du même monde, qu'il ne voyait que d'un point de vue purement technique, et un jour il a exprimé devant moi une pensée de professionnel. Je me demandais pourquoi il s'en prenait presque exclusivement aux femmes et je supposais que c'était à cause des bijoux. Or, à ce qu'il m'a dit, ce n'est vrai qu'en partie. Les femmes, peut-être par un sentiment d'insécurité, ont un besoin de possession plus grand que les mâles et, méfiantes, tiennent à garder sous la main le signe de leur richesse.

Elles surveillent plus passionnément leurs biens, j'ai pu m'en rendre compte par leurs allées et venues aux coffres des hôtels et par leurs coups de téléphone multiples à leurs hommes d'affaires.

Paradoxalement – et je ne l'aurais pas cru si Haags ne me l'avait affirmé et si je n'avais pu le contrôler ensuite – elles obéissent moins que les hommes à leur fantaisie et à l'impulsion du moment.

Autrement dit, une femme qui se repose, allongée sur son lit, avant un dîner ou une réunion mondaine, sera moins susceptible que son pendant masculin de changer soudain son emploi du temps. Démaquillée, on peut être sûr qu'elle ne sortira pas de son appartement et que, si elle est avec sa manucure, rien ne viendra la distraire.

C'est pourquoi, toujours selon Haags, le « trou » une fois découvert, l'horaire établi, mon patron jouait presque à coup sûr.

Je n'ai pas eu le droit d'acheter une auto. Je devais, moi aussi, me plier à des règles qui étaient le fruit d'une longue expérience. Rien, dans notre vie, n'était laissé au hasard, de sorte que rien n'aurait jamais dû se produire.

Pourtant, un jour de juin, à Paris, peu avant le Grand Prix, j'ai trouvé dans mon courrier du papier officiel, un formulaire sur du vilain papier jaunâtre dont les vides avaient été remplis au crayon à l'aniline, ce qui indiquait qu'on en avait gardé un carbone.

J'étais convoqué, pour le lendemain à onze heures du matin, à la Police Judiciaire, quai des Orfèvres, au service des Renseignements Généraux. La signature, sous la mention « Le Commissaire divisionnaire, chef du Service », était illisible.

Pour des raisons que j'ignore, M. Haags n'habitait plus rue de Bourgogne mais, pas très loin, dans un hôtel du quai des Grands-Augustins. Je n'allai pas le voir, par prudence, et me précipitai dans la cabine téléphonique d'un petit bar où, d'une voix émue, je le mis au courant.

À cause de son calme à l'autre bout du fil, j'ai d'abord cru qu'il ne m'avait pas compris, ou qu'il ne se rendait pas compte de la gravité de l'événement.

— Est-ce que je dois partir ?

— Sûrement pas.

— Mais alors…

— Rien. Vous irez demain voir le commissaire.

— Vous croyez qu'il sait ?

— Il sait quelque chose.

— Dans ce cas…

— Ne vous affolez pas, mon petit.

— Qu'est-ce que je lui dirai ?

— Le moins possible.

— Mais… Et vous ?

— Ne vous inquiétez pas de moi.

Je crus qu'il allait raccrocher sans un encouragement, sans un conseil plus précis.

— Je suppose que vous avez toujours de l'argent ?

J'en avais. Moins qu'on pourrait l'imaginer, car ma part, surtout si on croyait les chiffres cités par les journaux, était assez réduite. Je n'avais jamais protesté, conscient du rôle assez modeste que je jouais. En outre, j'étais persuadé que je ne courais aucun risque.

— J'en ai, oui.

— Si vous connaissez quelqu'un de sûr à qui le confier, faites-le.

Je pensai tout de suite à ma tante Louise, à qui, le jour même, j'envoyai une grosse enveloppe en la priant de me la mettre de côté.

Je fais une parenthèse. J'ai parlé deux ou trois fois de pressentiments. Depuis quelques jours, j'étais en proie à un malaise assez vague. L'été était splendide et je passais beaucoup de temps à Longchamp et aux terrasses des Champs-Élysées, qui remplaçaient petit à petit la partie élégante des Grands Boulevards. À plusieurs reprises, posant le regard sur un visage, sur une silhouette, j'avais eu une impression de déjà vu et j'avais fait, comme cela arrive à chacun en pareil cas, un effort pour me souvenir.

Je le dis, en moins de mots, à M. Haags.

— Je me demande si, depuis quelque temps, je ne suis pas surveillé.

— C'est probable.

Je ne comprenais pas son calme et je m'en irritais presque.

— Dans ce cas, on a dû nous voir ensemble.

— Certainement.

— On me questionnera sur nos relations.

— Dites-en le moins que vous pourrez. Je me fie à vous.

Je voulais encore lui demander ce qu'il comptait faire, mais il raccrocha sans m'en laisser le temps et je me demandai, à cause de cette étrange fin de communication, si un inspecteur ne venait pas d'entrer dans sa chambre.

Le lendemain, rien ne devait se passer comme je l'avais imaginé durant ma nuit d'insomnie. Je ne comprends pas ce qui s'est passé et j'en suis réduit aux suppositions. Il est certain, d'abord, que l'Interpol n'était pas organisé comme aujourd'hui et que la collaboration entre les polices était loin d'être parfaite.

Pour situer l'événement dans le temps, je dirai qu'on avait essayé de faire porter aux femmes des robes et des cheveux longs, que cela n'avait duré que quelques mois, que les robes étaient cependant moins courtes qu'elles l'avaient été, que les nuques n'étaient plus rasées, qu'il y avait à nouveau une taille, une poitrine et des hanches et que les pantalons des hommes étaient aussi étroits qu'ils avaient été larges, les souliers aussi pointus qu'ils avaient été carrés.

Il est vrai que j'avais appris de M. Haags à ne pas suivre ces modes-là qui ne sont faites, comme il disait, que pour la confection et les petits tailleurs de quartier.

Je me suis trouvé, Quai des Orfèvres, dans un long couloir où un huissier m'a pris ma convocation et m'a conduit dans une salle d'attente. J'y ai passé un des quarts d'heure les plus déplaisants de ma vie, entre deux femmes comme j'en avais connu à tous les coins de rue de Paris et un grand jeune homme accompagné par sa mère qui pleurait.

Je suppose, d'après le bureau où j'ai été ensuite introduit, que c'est le commissaire divisionnaire qui m'a reçu en personne, mais je n'en suis pas sûr et j'ignore toujours son nom. C'était un homme entre deux âges, bedonnant, un peu chauve, qui, après un coup d'œil inquisiteur, n'a paru me prêter qu'une attention distraite.

— Asseyez-vous, monsieur Adams.

Il semblait chercher, parmi les papiers qui encombraient son bureau, celui qui me concernait.

— Vous êtes Anglais, n'est-ce pas, et, si je ne me trompe, vous appartenez à une excellente famille ?

Je balbutiai :

— Mon père est de la Cunard.

Il paraissait aussi embarrassé que moi, un peu comme s'il avait été chargé d'une formalité à laquelle il ne comprenait pas grand-chose. Tout ce que je dis peut sembler invraisemblable ; c'est pourtant l'expression exacte de la vérité. Moi non plus, sur le moment, je n'en ai pas cru mes yeux ni mes oreilles. Je m'attendais à des questions embarrassantes, sinon à des accusations précises.

— Depuis combien de temps connaissez-vous Coltin ?

Mon visage dut exprimer ma bonne foi, car je n'avais jamais entendu ce nom-là.

— Peut-être le nom de Chailloux vous dira-t-il quelque chose ?

— Je ne connais pas de Chailloux.

— Sautard ?

— Non.

— Domène ?

— Je vous jure, monsieur le commissaire...

— Vous n'avez jamais entendu parler du Baron non plus ?

— Jamais.

— Autrement dit, vous ne connaissez que M. Haags ?

— Je l'ai rencontré, oui.

— Souvent ?

— Pas très souvent.

— Vous savez ce qu'il fait ?

— Je suppose qu'il vit de ses rentes.

J'étais persuadé qu'on jouait avec moi au chat et à la souris et qu'on allait me mettre devant l'évidence. Parmi les papiers épars sur le bureau, il devait exister des rapports, des procès-verbaux, des documents susceptibles de m'accabler.

— Vous connaissez bien Paris, monsieur Adams ?

— Assez bien. J'y ai vécu plusieurs années.

— Il y a malheureusement des choses que vous ne paraissez pas connaître et je vous conseille vivement de vous méfier de certaines gens.

Stupéfait, j'approuvais, comme un lycéen en face du proviseur.

— La fréquentation d'un M. Haags, comme il se fait appeler à présent, n'est pas de tout repos et il serait préférable que vous l'évitiez à l'avenir. Au fait, l'avez-vous mis au courant de votre convocation ?

Je ne savais plus si je devais mentir ou non. J'étais tenté de dire la vérité mais déjà, trop vite, sans réfléchir, j'avais prononcé :

— Non.

— Eh ! bien, M. Haags, ou Coltin, ou Chailloux, ou Sautard, pour ne citer que quelques-unes de ses identités successives, a pris hier après-midi le rapide de Bruxelles.

Je parvins à ne pas tressaillir.

— Vous êtes sûr que vous l'ignoriez ?

— Je le jure.

M'a-t-il cru ou non ? Je connais mieux, aujourd'hui, les rouages de la police, et je ne suis plus aussi surpris de ce qui m'est arrivé. Certes, cela reste un miracle comme il doit s'en produire un certain nombre, je suis tenté de dire un miracle qui était dû, pour une bonne part, aux connaissances techniques de Haags et à ses précautions.

Ce n'est pas sans raison, par exemple, qu'il avait un faible pour la Côte d'Azur. Il jouait sur la multiplicité des polices et sur le manque de coordination entre elles, sinon sur leur rivalité.

À Cannes, la première enquête revenait à la police locale et ce n'est qu'ensuite qu'intervenait la Brigade Mobile qui, elle-même, était en concurrence plus ou moins avouée avec la Sûreté de Nice.

En passant à Monte-Carlo, ou seulement à Saint-Raphaël, on tombait sur d'autres juridictions, sur d'autres équipes, d'autres chefs, et enfin la liaison avec Paris était lente, compliquée.

Quelque part, en un point déterminé de ce réseau, quelqu'un, probablement un sous-ordre, avait flairé la vérité. Je suis dans l'impossibilité de le situer. C'était peut-être à Cannes, peut-être au Touquet ou à Aix-les-Bains. Cet homme-là, en tout cas, n'avait qu'un champ d'action limité, ne jouait que sur une case, entouré de frontières et de tabous.

A-t-il envoyé à son supérieur hiérarchique un rapport volontairement incomplet, dans l'espoir de garder pour lui le mérite de sa découverte ? C'est possible. Maintes hypothèses sont plausibles. Des papiers se sont promenés de service en service, de bureau en bureau, peut-être une simple demande de renseignements. Quand ces papiers-là ont enfin abouti au Quai des Orfèvres, ils avaient eu le temps de perdre tout leur sens.

Je m'attendais à être interrogé durement, arrêté, fouillé, jeté en prison, et je venais de recevoir une admonestation paternelle.

— Croyez-moi, monsieur Adams : soyez plus prudent, à l'avenir, dans vos relations.

Haags avait-il prévu cela et était-ce la raison de son calme au téléphone ?

Une autre explication n'est pas à rejeter *a priori*, celle, non de complaisance volontaire, mais de paresse de la part de certains services ou de certains fonctionnaires. Il ne s'agissait pas d'un assassin dont l'opinion réclamait le châtiment. Le public n'établissait aucun lien entre des vols de bijoux, espacés dans l'espace et dans le temps, qui ne provoquaient ni émotion, ni crainte véritable, et qui affectaient en fin de compte d'anonymes compagnies d'assurances.

J'imagine les rouages qu'il aurait fallu mettre en train pour convaincre Haags et obtenir des preuves ou des témoignages contre lui, le nombre d'heures, de jours, de nuits de filatures, les recherches dans les registres d'hôtels, dans les restaurants et les compagnies de chemin de fer. Et je ne parle pas des rapports, des citations à comparaître, des commissions rogatoires et des dépositions.

Le savetier du coin, lui, seul dans son échoppe, travaille à un rythme égal, prenant l'une après l'autre, sur un rayon, les chaussures rangées par ordre d'arrivée, avec un nom ou des initiales tracées à la craie sur la semelle. Il n'est à la merci de personne, n'a aucun compte à rendre.

À la réflexion, après tant d'années, ce n'est pas que Haags n'ait pas été arrêté qui m'étonne, mais que certains le soient, que souvent, que presque toujours, la machine produise en fin de compte des résultats. Ce qui m'étonne plus encore, quand je pense aux milliers de gens, plus ou moins mal payés, mis en cause, et qui ont tous leurs soucis personnels, c'est qu'une enveloppe sur laquelle on colle un bout de papier appelé timbre et qu'on jette dans un trou rectangulaire trouve sa destination, à l'autre bout de la France ou du monde, sans que quelqu'un, en cours de route, s'en débarrasse en la jetant au panier ou au feu.

Tandis que d'autres ronchonnent, je m'émerveille, moi, que l'homme n'étant que l'homme, en bas ou en haut de l'échelle sociale, des millions d'hommes constituent en fin de compte un tout qui possède une certaine cohésion puisqu'au bout de la chaîne il y a des légumes qui s'entassent aux Halles en temps voulu, des autos qui sortent des usines, des trains et des avions qui partent et qui arrivent.

En sortant du Quai des Orfèvres, ce midi-là, en même temps que les inspecteurs qui allaient déjeuner, j'étais comme en vacances, à nouveau sans passé et sans avenir, et je n'avais aucune raison de prendre à gauche ou à droite, de faire telle chose plutôt que telle autre. J'étais, pour un temps tout au moins, le temps que durerait l'argent envoyé à Port-en-Bessin, en liberté dans l'espace.

Je suis allé déjeuner à une terrasse qu'un vélum orange protégeait du soleil.

Je n'ai jamais revu Haags. Il ne m'a pas écrit. J'ignore s'il a trouvé un nouvel assistant. Il devait être riche, à en juger par le peu que j'ai vu de son activité, et il ne dépensait guère d'argent.

Il a pourtant continué, comme les autres, comme ma mère, puisqu'il a été tué d'une balle tirée à bout portant par un industriel belge qui n'aurait pas dû se trouver dans sa chambre à ce moment-là. On a donné peu d'importance à l'affaire dans les journaux, comme s'il s'agissait d'une tentative de cambriolage isolée et non d'un professionnel chevronné ; en outre, on parlait de Haags sous un autre nom et ce n'est que par la photographie que j'ai su que c'était lui qui était mort.

J'ignore ce qu'est devenue sa fille, ce qu'est devenu son argent. Je ne serais pas surpris que les bijoux qu'il a mis tant d'astuce et de patience à amasser soient encore dans leur cachette, Dieu sait où.

TROISIÈME PARTIE

1

J'ai parlé quelque part de souvenirs en noir et de souvenirs en couleur et je découvre que j'en ai d'une troisième sorte, que j'appellerais les souvenirs expressionnistes parce qu'ils ont le frémissement lumineux des toiles de Van Gogh, de Renoir, de Claude Monet, qu'on y retrouve à l'air, à la matière, la même vie intime presque palpable, la même saveur. J'ai vu aussi, cet été-là, des paysages de la côte normande qui ressemblaient à des toiles pointillistes de Signac.

Je suppose que ces souvenirs sont ceux des moments les plus heureux, des moments où, comme dans la première enfance, on s'est laissé imprégner innocemment de la vie extérieure. Ce sont ceux aussi qui laissent le moins de traces, seulement une certaine chaleur sur la peau, des odeurs, quelques contours assez flous.

Pourquoi ce qui nous reste du bonheur est-il si vague, alors que les heures d'inquiétude ou de souffrance s'inscrivent en lignes nettes et profondément tracées, avec des noirs et des blancs aussi distincts que sur une pointe sèche ? Faudrait-il en conclure que le bonheur ne nous apporte rien, qu'il n'est en définitive qu'un état négatif ?

Après l'incident du Quai des Orfèvres et le départ de M. Haags, j'aurais dû, livré à moi-même, sans aucune idée de ce que j'allais devenir, me sentir inquiet, désemparé. Or, il advint le contraire et j'ai vécu alors l'époque la plus légère, la plus futile de mon existence.

Il y avait des chances pour que je sois encore surveillé et pourtant mon premier soin, le jour même, fut de télégraphier à ma tante Louise, lui demandant de me renvoyer mon enveloppe.

Je me précipitai ensuite avenue de la Grande Armée où j'avais vu, dans une vitrine, la voiture rouge, décapotée, aux lignes nerveuses comme un engin de course, que je convoitais. J'entrai pour la voir de plus près, pour la caresser, discuter avec le vendeur à qui j'annonçai que je reviendrais le lendemain.

C'était une Amilcar et, à l'époque, cette voiture, pour les jeunes gens de mon âge, était un peu comme un emblème. Pendant huit jours, en compagnie d'un mécanicien qui me donnait des leçons, je circulai du matin au soir dans Paris et dans la campagne.

Je pourrais m'assurer, en feuilletant d'anciennes collections de journaux, que le temps a été vraiment exceptionnel pendant tout l'été. À quoi bon ? Pour moi, ce n'est pas resté un été parmi d'autres, c'est resté l'été.

Paris, la campagne, les villages et les petites villes de province, la Normandie et la Bretagne grésillaient sous un soleil large et magnifique.

J'ai passé mon permis de conduire en un temps record et je revois mon Amilcar rouge scintillant au bord du trottoir devant la terrasse du Fouquet's aux Champs-Élysées. Paris était moins encombré qu'à présent et il n'y avait pas d'autos sur les trottoirs, on sentait encore de l'air circuler entre les maisons.

Sans garder ma chambre de la place de l'Odéon, je me précipitai vers la côte normande et ma première visite fut pour Port-en-Bessin. Mon oncle, ma tante, une autre petite bonne que celle en rose qui avait depuis longtemps disparu, sont accourus sur le seuil pour admirer ma voiture. Ma tante, j'en suis sûr, savait fort bien ce que contenait l'enveloppe qui n'avait fait que lui passer par les mains, mais elle ne m'a pas posé de questions indiscrètes. Comme pour mon initiation sexuelle d'autrefois, il s'établissait entre nous une complicité subtile qui se scellait par le regard plutôt que par les mots.

— Content ?

Je rayonnais, suspendu entre deux époques de ma vie, et, si mon équilibre était précaire, je refusais de le savoir.

Léon, le mari, avait cessé de grossir et ses joues, son ventre, commençaient à pendre, bien qu'il but toujours autant, ce qui était mauvais signe. Cela aussi, Louise et moi, nous nous le sommes dit sans un mot. Il traînerait peut-être ainsi pendant quelques années ; la mort n'en était pas moins en lui et ses plaisanteries continuelles en devenaient grinçantes. Il n'avait plus le physique à faire le clown, il devait le sentir, mais, au lieu de se taire, il exagérait plus que jamais.

Ma tante m'a posé une seule question, qui révélait qu'elle avait beaucoup deviné.

— Tu n'as pas peur d'avoir des ennuis, Steve ?

Je l'ai rassurée.

— Tu n'iras pas voir ta mère ?

— Non.

— Elle m'écrit de temps en temps.

— À moi aussi.

— Elle se plaint toujours d'être sans nouvelles de toi.

Nous avons parlé de mes tantes, de Raymonde demeurée au couvent, de Béatrice dont la fille avait failli mourir, de Lucien qui envisageait de s'installer à son compte.

Puisque je n'avais rien d'autre à faire que me promener le long des routes, je suis passé par Cherbourg et je me trouvais dans la maison de ma tante Clémence quand mon oncle est rentré.

Je n'avais pas résisté au désir enfantin de montrer

mon auto à la famille. Clémence, comme Louise, s'était extasiée, mes neveux surtout, à qui j'avais fait faire un tour dans les environs.

Pajon le savait-il déjà ? Son visage, quand il a poussé la porte, était impénétrable. Il m'a à peine regardé et a dit :

— J'aimerais, Steve, que cette voiture ne stationne pas plus longtemps devant la maison.

Il avait compris que c'était un signe, un signe qui ne devait être associé ni de près ni de loin à un secrétaire de syndicat.

Je suis parti sans dîner avec eux. J'avais assez d'argent pour tenir pendant plusieurs mois, peut-être pendant un an, et j'ai passé l'été à rouler sur les routes et m'arrêter dans des villages ou dans des petites villes que je ne connaissais pas.

Je découvrais ainsi les hôtels pour voyageurs de commerce, les tables d'hôtes, les pensions de famille, dans le genre de l'Hôtel des Flots, pour Parisiens en vacances. Presque partout, on mangeait à la terrasse et il y avait une rivière, des pêcheurs à la ligne, des couples qui marchaient lentement en cherchant l'ombre des arbres.

J'ai contourné Niort par la Vendée, visité La Rochelle et Rochefort, des plages, entre ces deux villes, puis j'ai découvert le Périgord, Agen, Toulouse, Carcassonne.

Je m'ébrouais, sans obligation de rester ou de repartir, d'aller ici ou là et, quand j'ai atteint la Méditerranée, en Camargue, je me suis arrêté un certain temps au Grau-du-Roi.

Il ne reste de tout cela que de larges pans d'ombre et de lumière, une jetée blanche, des bateaux blancs, le scintillement des poissons dans les filets qu'on ramenait sur le sable.

J'ai visité la Provence, à l'arrière-saison, puis, au début de l'hiver, la Côte d'Azur, que je connaissais bien, mais dont je découvrais une autre face.

Je ne descendais plus dans les palaces, mais dans des hôtels bourgeois, souvent cossus, où des couples âgés venaient chaque année à la même époque sans autre désir que de s'asseoir au soleil et où des couples plus jeunes passaient leur lune de miel, où enfin des gens, qui ne se payeraient que cet unique voyage dans leur vie, voulaient tout voir, tout visiter, envoyer des cartes postales à toutes leurs connaissances.

Je suis incapable de dire à quelle date je suis rentré à Paris. Je sais seulement que, pour moi, cette année-là, il n'y a pas eu l'obscurcissement de l'hiver. J'ai retrouvé le soleil aux Champs-Élysées et on a réinstallé presque tout de suite la terrasse du Fouquet's.

J'avais loué, rue de l'Étoile, à deux pas de l'Arc de Triomphe, ce qu'on appelait alors un studio meublé, c'est-à-dire une chambre de style moderne dont le lit se transformait en divan pendant le jour, donnant à la pièce l'aspect d'un salon. Le mot hôtel ne figurait pas sur la façade et on ne voyait pas de tableau de clefs en entrant, mais une vieille dame distinguée, à l'accueil discret.

Le Fouquet's devenait mon point d'attache, l'endroit où je passais une partie de mes journées et où je retrouvais, surtout au retour des courses, bon nombre des personnages que j'avais côtoyés dans les palaces de la Côte, de Deauville et d'ailleurs.

Sans savoir qui j'étais, ils se souvenaient, eux aussi, de m'avoir vu, ce qui donnait toujours la même interrogation dans le regard, puis, le plus souvent, un léger signe, un bonjour assez peu appuyé pour passer au besoin pour un effet du hasard.

Non seulement je retrouvais ces gens-là, mais je commençais à rencontrer leurs fils qui, presque tous, paraissaient occupés, sans qu'il fût possible de dire de quoi ils s'occupaient.

C'était le cas de la plupart des habitués groupés autour du bar, à heure fixe, ou déjeunant à la terrasse.

Je portais les mêmes vêtements qu'eux et j'avais acquis leurs façons, de sorte que je passais inaperçu. Plus exactement, à force de me voir, ils me considéraient tout naturellement comme faisant partie de leur milieu.

On parlait beaucoup de courses. C'était un trait commun et le sujet de conversation avec le barman. On s'occupait aussi de cinéma et, parmi les clients, on reconnaissait des acteurs, des actrices et des metteurs en scène.

Contrairement à ce qui s'est passé pour ma première initiation, celle à laquelle Haags a présidé, celle-ci n'a pas été volontaire, systématique, et je suis encore surpris de la façon aisée dont les choses se sont passées.

Mon nom anglais a dû m'aider. Je pense que, si j'avais porté un nom français, on m'aurait demandé, comme je l'ai entendu faire si souvent à d'autres :

— De quelle région êtes-vous ?

Car le premier souci des Français est de situer les gens géographiquement, par provinces. Je crois aussi que, si mon nom avait rappelé un nom plus ou moins connu, on aurait insisté :

— Vous êtes de la famille du sénateur ?

Je m'appelais Steve Adams, j'étais Anglais, donc je venais d'Angleterre, et cela semblait suffire. Deux ou trois fois seulement, pour paraître initiés, des gens ont questionné :

— Oxford ? Cambridge ?

Je ne pourrais pas dire comment, autour du bar d'acajou, je suis insensiblement devenu Steve. Ceci explique peut-être l'affaire Stavisky, qui devait éclater un peu plus tard. Dans les mêmes endroits que je fréquentais, mais à l'échelon supérieur, il était, lui, M. Alexandre.

Personne, autant que je m'en souvienne, n'avouait vivre de ses rentes ; personne non plus n'avait un travail régulier, ni une étiquette définie.

J'ai pris maintes fois l'apéritif avec le fils d'un grand éditeur et avec l'héritier d'une des plus grosses banques de Paris qui, tous les deux, en buvant un quart champagne ou en déjeunant, discutaient affaires avec un troisième, affaires de cinéma, d'importation ou de n'importe quoi.

La moitié de la clientèle, en définitive, consistait en intermédiaires. Il s'agissait de rencontrer, d'une part quelqu'un qui avait une idée, de l'autre quelqu'un qui avait de l'argent ou qui était susceptible de s'en procurer, puis de réunir les deux personnages à une même table.

Cela m'arriverait probablement un jour. Déjà, j'étais accepté, et on ne se demandait plus d'où je sortais, ni ce que je faisais là, j'avais acquis les manières, le langage, les habitudes de l'endroit et, si je m'approchais du bar, il y avait quelqu'un pour me demander :

— Qu'est-ce que vous prenez ?

Le plus important, c'est que Jules, le chef barman, m'avait adopté, ouvrant, sans rien dire, un quart champagne dès mon arrivée et m'appelant M. Steve. Cela constituait la véritable consécration et c'est par Jules que l'étape suivante de ma vie s'est décidée, à un moment où je ne m'inquiétais pas de l'avenir et où je me donnais encore quelques mois de bon.

Je sortais de chez mon coiffeur, un matin, à côté du Fouquet's, et, bien qu'il ne fût que onze heures et demie, j'allai m'accouder un moment au bar.

On me fera peut-être remarquer la similitude entre deux événements, le même rôle joué deux fois par des bars de classe pourtant fort différente. À cela, je répondrai d'abord que si j'inventais, je me donnerais la peine d'apporter des variantes, ensuite que, pour ceux qui vivent seuls, cafés, bars et restaurants sont fatalement les points de contact, ce qui explique l'importance sociale des barmen, qui sont souvent des confidents et des intermédiaires.

Jules, à cette heure, était seul, à ranger ses bouteilles et à préparer des oranges pressées pour les cocktails. Dans la salle, maîtres d'hôtel et garçons finissaient la mise en place et la caissière n'était pas encore sur sa haute chaise cannée.

Le quart champagne une fois devant moi, Jules, après une hésitation imperceptible, murmura :

— Dites donc, monsieur Steve, je suppose que vous ne cherchez pas une situation ?

Je suis persuadé qu'il connaissait mieux ma véritable position que tous ceux que je rencontrais chaque jour au même endroit.

— Cela dépend de la situation, répondis-je en riant.

Je compris tout de suite qu'il était sérieux, car il se rapprocha, se pencha un peu, parla bas.

— Vous connaissez Mme D… ?

Elle est trop connue pour que je cite son nom véritable et, d'autre part, c'est en vain que j'ai essayé de lui donner, dans ces pages, un nom de fantaisie. Cela m'a paru si faux que je me résigne à n'employer que l'initiale, et aussi son prénom, par lequel la désignaient ses familiers : Gabrielle.

Gabrielle D. appartenait à la fois au milieu des palaces de la Côte et de Deauville, à celui du Fouquet's, des courses, où plusieurs chevaux défendaient ses couleurs, de la grande industrie et de la finance. Je l'avais souvent vue, sans lui avoir jamais été présenté, mais mon visage devait lui être vaguement familier.

Deux fois veuve à cinquante-trois ou cinquante-quatre ans, elle en paraissait, habillée, à peine quarante-cinq, et plusieurs fois par semaine, pour une raison ou pour une autre, on citait son nom dans les journaux.

J'ai parlé précédemment de ces femmes-là, dont la vie est une lutte quotidienne contre le vieillissement et qui préparent pendant de longues heures chaque apparition triomphale.

Le cas de Mme D. était un cas extrême et on parlait d'elle comme d'un phénomène. Elle affectait volontiers une liberté d'allure et de langage qu'aucune demi-mondaine, aucune vedette de cinéma ne se serait permise. Pourtant, elle était née dans un château des bords de la Garonne et, jeune fille, elle avait droit au titre de comtesse, même si son père se servait de son nom pour placer du vin de Bordeaux.

De son premier mari, beaucoup plus âgé qu'elle, elle avait hérité la majorité des actions d'une importante filature de Mulhouse, du second une affaire de confection qui comportait, non seulement un grand magasin à Paris, mais une chaîne de succursales dans la plupart des villes de province. Elle avait hérité aussi d'un journal, dont elle s'occupait par intermittence, et d'un certain nombre d'autres affaires que je devais découvrir par la suite.

Je connaissais sa voix un peu rauque, sa façon d'entrer au Fouquet's ou ailleurs, de s'arrêter soudain pour dévisager les gens autour d'elle et pour s'écrier :

— Salut, Gaston, vieille crapule. Lola n'est pas avec toi ?

On la voyait rarement seule et il y avait de tout dans son sillage, des hommes et des femmes, des jeunes et des vieux, des noms connus et des visages douteux.

— Le petit Willy, me disait Jules, vient de la quitter pour se marier et elle est furieuse. Elle m'a demandé si, par hasard, je n'avais pas un bon secrétaire sous la main.

Le silence qui suivit fut lourd de tout ce que Jules savait de l'excentrique Mme D. et de ce qu'il pensait de ce poste de secrétaire.

— M. Willy est resté trois ans avec elle et il épouse une Américaine.

— C'est le grand blond que j'ai souvent vu ici, n'est-ce pas ?

Un garçon timide, bien élevé, toujours effrayé, qui, quand il suivait Mme D. et s'empressait autour d'elle, donnait l'impression d'un enfant de chœur trop poussé servant la messe.

Je n'ai jamais entendu parler de lui comme d'un gigolo. Ce n'était pas le genre de bruits qui couraient sur Mme D. Si on lui prêtait des aventures, ce n'était pas avec son entourage immédiat et elle passait pour se comporter comme certains hommes qui refusent de se compliquer la vie et se contentent, de temps en temps, d'une partenaire anonyme.

— L'idée n'est peut-être pas mauvaise, disait Jules, en pensant à voix haute.

Pris au dépourvu, je demandai :

— Elle est pressée ?

— C'est ce que j'ai cru comprendre. Dès que M. Willy lui a annoncé son mariage, elle l'a flanqué à la porte sans vouloir l'entendre jusqu'au bout. Elle tient à ce que, chez elle, il n'existe pas d'autre influence que la sienne, et l'idée qu'un jeune homme puisse…

Il n'avait pas besoin de poursuivre. J'avais compris.

— Vous connaissez son numéro de téléphone ?

Jules gardait, dans un carnet, les numéros de téléphone du Tout-Paris, y compris ceux qui ne figurent pas à l'annuaire. Je le revois jeter un coup d'œil au réveil posé derrière le bar, hors de la vue des clients.

— C'est l'heure où vous avez des chances…

Je soupirai et, laissant mon chapeau sur le tabouret, me dirigeai vers le sous-sol où je tendis au préposé le bout de papier avec le numéro.

— Cabine 3.

J'entends encore la sonnerie résonnant dans un monde inconnu, une voix à l'accent italien.

— Je voudrais parler à Mme D., s'il vous plaît.

— De la part de qui ?

— Steve Adams.

— Un instant. Je vais voir.

Des allées et venues. Des voix confuses. Puis la voix rauque que je connaissais.

— Allô ! Qui est à l'appareil ?

— Steve Adams.

Un silence. Je me taisais aussi.

— Eh bien ? s'impatientait-on.

— C'est Jules, du Fouquet's, qui vient de me dire…

— Comment ?

Quelqu'un d'autre, dans la pièce, lui parlait en même temps que moi, et je l'entendais lancer :

— Je vous dis de laisser ça là…

Puis, à moi :

— Voulez-vous répéter ?

— C'est Jules, du Fouquet's, qui m'a appris…

— Pour la place de secrétaire ?

— Oui.

— Où êtes-vous ?

— Au Fouquet's.

— Alors, prenez un taxi et venez tout de suite rue de la Faisanderie. Je ne serai plus chez moi dans une heure.

— J'y vais.

— Rappelez-moi votre nom.

— Steve Adams.

— Je vous connais ?

— Je crois.

Il y a eu une sorte de grognement et, sans formule de politesse, elle a raccroché. Je trouvai, au bar, le regard interrogateur de Jules.

— Elle m'attend ! dis-je sans autre explication.

Un quart d'heure plus tard, je pénétrais dans un hôtel particulier où un concierge à cheveux blancs, en uniforme à boutons d'argent, m'annonçait par téléphone, puis me conduisait, par un ascenseur qui ressemblait à un salon Louis XV en miniature, au second étage.

On m'a introduit dans une sorte de boudoir et, comme on n'avait pas refermé la porte, j'ai entendu des allées et venues de domestiques puis, très loin, me sembla-t-il, la voix rauque qui demandait à la cantonade :

— Où est-il ?

Des chuchotements. Des pas sur le tapis. Mme D., en tailleur, dans l'encadrement de la porte. Elle ne me dit pas bonjour, me regarda un bout de temps en plein visage et prononça enfin :

— Rappelez-moi où je vous ai rencontré.

C'est ici, en quelques minutes, que je pus mesurer la distance entre la connaissance humaine d'une femme comme Mme D. et l'expérience professionnelle, par exemple, d'un commissaire du Quai des Orfèvres. Quelques questions brèves, qu'elle posait sans se donner la peine d'appuyer, me mirent à nu, et, si elle ne poussa pas sa prospection jusqu'au bout, c'est, ou bien qu'elle préféra ne pas connaître certains détails, ou bien que, malgré tout, mon cas n'est pas de ceux qui se classent aisément sous une rubrique déterminée.

Il est à noter que, durant cet entretien, elle s'interrompit pour donner des instructions à quelqu'un qui se tenait dans le couloir et que je ne voyais pas, ce qui, je l'ai su par la suite, était son habitude. Elle avait besoin de jouer sur plusieurs claviers, de mener de front plusieurs affaires.

L'attaque, qui aurait dû me désemparer, fit long feu.

— Vous êtes menteur ? me demanda-t-elle tout à trac.

Au lieu de nier, je répondis sérieusement :

— Cela dépend.

— J'aime mieux ça. Qu'est-ce que c'est, Adams ?

— Mon nom. Celui de mon père.

— Anglais ?

Comme je faisais oui de la tête, elle tendit la main avant même de dire :

— Passez-moi votre passeport ou votre carte d'identité. Surtout, ne prétendez pas que vous ne l'avez pas sur vous.

Je tendis mon passeport, que j'avais en effet toujours en poche, et elle alla tout de suite à la bonne page, comme un agent de gare frontière.

— Gary Adams, Tattenham Corner, Surrey... Qu'est-ce qu'il fait ?

Au commissaire des Renseignements Généraux, j'avais répondu :

— Il est de la Cunard.

Avec elle, je précisai :

— Employé à la Cunard.

— Et Antoinette Nau ?

— Ma mère.

Elle le voyait bien par le document. J'ajoutai :

— Née dans un village de Normandie.

— Et maintenant ?

— Elle vit à Niort.

— Vous êtes allé au lycée ?

— Oui. Je n'ai pas fait la dernière année.

— Jamais joué les gigolos ?

— Jamais. Plutôt le contraire.

— Vous tapez à la machine ?

— Mal.

— Vous n'êtes pas sténo ?

— Non.

— Cela n'a pas d'importance. Je ne dicte pas mes lettres personnelles. Je n'en écris d'ailleurs pas et, pour le courrier sérieux, j'ai des gens dans mes bureaux. Combien désirez-vous gagner ?

— Ce que vous voudrez.

— Je passe pour payer mal mes gens.

Elle observait mes réactions et je ne bronchai pas.

— C'est probablement vrai. Je prétends que si on donne, une fois, quelque chose pour rien, les gens, par la suite, le considèrent comme un dû, jusqu'à ce qu'ils se figurent que leur salaire ne paie que leur temps, leur présence, et que tout travail mériterait une rétribution supplémentaire.

Je ris. Elle m'interrompit.

— Ce n'est pas drôle. C'est vrai.

Elle s'adressa à nouveau à la personne invisible, puis :

— On va vous montrer votre chambre. Je vous verrai cet après-midi vers cinq heures. D'ici là, vous pouvez aller chercher vos affaires si vous en avez.

La personne, dans le corridor, était Flora, la femme de chambre italienne, dont j'avais entendu la voix au téléphone. C'est elle qui fut chargée de me montrer une chambre spacieuse, avec salle de bains, à l'étage supérieur, et tout le temps que j'allais vivre au service de Mme D. j'aurais envie de cette fille-là, une des plus désirables qu'il m'ait été donné de rencontrer.

Elle ne tarda pas à se rendre compte de l'effet qu'elle produisait sur moi et elle me regardait d'un air douce-ment moqueur, la lèvre humide, les yeux brillants, le corps toujours moulé dans son uniforme. Elle possédait l'attrait particulier à certaines infirmières, par exemple, qu'on sent saines comme de beaux fruits, l'attrait aussi de la netteté, de la franchise.

Flora vivait dans l'intimité de Mme D. et je n'avais pas besoin de l'exemple de mon prédécesseur Willy pour deviner que ma patronne ne me permettrait pas une liaison dans la maison.

Si j'ai apporté ma valise, j'ai cependant gardé mon studio rue de Ponthieu. Il m'a fallu quelques jours pour me familiariser avec la grande maison où régnait tou-jours comme un désordre de déménagement. J'y voyais

sans cesse surgir des habitants que je n'avais pas soup-
çonnés et j'ai été plus d'un mois, par exemple, à savoir
qu'un certain M. Landois occupait trois pièces sous
les combles, où il disposait non seulement d'un bureau
mais d'une dactylo.

C'était un petit homme chauve, mal habillé, suçant
des cachous toute la journée, qui était quelque chose
comme le conseiller fiduciaire de Mme D., le type même
de l'homme de loi comme j'en avais rencontré à Bayeux,
à Cherbourg ou à Niort, madré, sournois, un peu vis-
queux mais, comme j'ai pu le constater par la suite,
connaissant mieux que quiconque le code civil, les lois
sur les sociétés et le mécanisme compliqué des changes
et des tarifs douaniers.

Ce secteur-là ne me regardait pas et je me suis
demandé un certain temps ce qu'on attendait au juste de
moi. Nous nous essayions, Mme D. et moi, nous habi-
tuant l'un à l'autre. Après trois jours, elle me tutoyait
comme elle tutoyait presque tout le monde et, après une
semaine, en nous rendant à un cocktail où elle m'avait
prié de l'escorter, elle me disait :

— Il vaut mieux que vous m'appeliez Gabrielle, sinon
j'aurai l'air de sortir avec mon domestique.

Elle avait besoin de moi dès son réveil, vers dix heures
du matin, car, pendant qu'elle prenait au lit son petit
déjeuner, elle commençait ses communications téléphoniques.

— Allô ! Oui, un instant, chérie… Steve, regarde mon
agenda… Six heures, demain… Je suis libre ?… Allô,
chérie, c'est entendu…

Si elle était dans son bain, ou pendant le massage
quotidien, c'était moi qui répondais, répétant, l'appareil à la main, questions et réponses. Elle n'avait
aucune pudeur devant moi et ce n'était pas à cause de
ma condition, car elle était ainsi avec chacun et je l'ai
vue, dans sa villa d'Antibes, prendre son bain de soleil

entièrement nue au bord de la piscine alors qu'une vingtaine de personnes, hommes et femmes, buvaient des cocktails autour d'elle.

J'ai entendu dire qu'elle avait passé par la chirurgie esthétique. Si c'est vrai, je n'en ai relevé aucune trace et, à cinquante-trois ans, elle avait des seins fermes et ronds que bien des jeunes femmes lui auraient enviés, son ventre seul, et un certain épaississement de la taille, comme soudée, pouvaient révéler son âge.

Elle possédait un château en Sologne, où elle ne mettait les pieds que pour y organiser deux ou trois battues par an, un autre en Gironde, celui de ses parents, qu'elle avait remis en état, modernisé intérieurement, et autour duquel elle avait racheté, parcelle par parcelle, les vignobles qui avaient appartenu autrefois à la famille. Son frère y vivait toute l'année, y jouant plus ou moins le rôle de régisseur et ne venant pour ainsi dire jamais à Paris.

En plus de la villa d'Antibes, où elle vivait plusieurs mois par an, elle avait à Mulhouse, non loin des usines, une vaste maison de grands bourgeois du siècle dernier et partout grouillaient des domestiques, il fallait, de Paris ou d'ailleurs, donner des ordres souvent contradictoires, comme elle donnait des ordres au directeur et au rédacteur en chef de son journal, à des tas de gens éparpillés à travers le monde dont je découvrais successivement l'existence.

Les instructions personnelles, les rendez-vous, les coups de téléphone aux joailliers, au bottier, à tous les fournisseurs, le soin de retenir les tables au restaurant, les places de théâtre ou d'avion, d'organiser les étapes, d'envoyer les invitations pour un dîner ou pour un cocktail, tout cela m'incombait et je dus me familiariser avec des centaines de noms, de numéros de téléphone et d'adresses, connaître les goûts et les manies de quantités de gens, car elle ne permettait pas que je me trompe.

Il fallait, en outre, que je la suive presque partout, je me suis longtemps demandé pourquoi car, n'importe où elle allait, elle trouvait du personnel empressé à la servir. J'ai fini par comprendre qu'elle vivait dans un tel état de tension qu'elle n'avait pas le droit de se détendre sous peine d'être incapable de remettre la mécanique en marche en temps voulu. Le moyen de ne pas flancher, pour elle comme pour les acteurs, qui sont un peu dans le même cas, c'était d'avoir toujours un public, de ne pas cesser d'être en représentation.

J'étais le public, en somme, et c'est sur moi qu'elle essayait son humeur, c'est avec moi qu'elle s'entraînait, pensant tout haut au lieu de penser tout bas.

— Tu comprends, mon petit Steve, ils sont quarante à m'attendre depuis une demi-heure et ils ont eu le temps de s'aiguiser. Il faut que je leur montre que je suis toujours là…

J'ai parlé ailleurs de l'emploi du temps dans les couches supérieures. M. Landois me donne l'occasion d'illustrer ma pensée. Si je ne m'occupais que de la vie mondaine et de la vie personnelle, le petit homme de loi, lui, servait d'intermédiaire et de conseiller en ce qui concernait les affaires. Celles-ci avaient beau être multiples, Mme D. était au courant de tout ce qui se faisait et prenait elle-même les décisions importantes.

Or, alors que j'étais de service pour ainsi dire vingt-quatre heures sur vingt-quatre et que je passais plusieurs heures par jour en contact direct avec ma patronne, M. Landois n'avait droit qu'à une demi-heure chaque matin. Je le sonnais. Il descendait, des dossiers à la main, et c'était souvent pendant le massage, ou en présence du coiffeur qui venait à domicile. S'il se permettait un exposé trop long, Mme D. lui coupait la parole.

— Au fait !

Puis, la question posée :

— Votre avis, à vous ?

Alors elle prenait sa décision, parfois opposée à l'avis donné.

M. Landois ne nous accompagnait pas en voyage, ni dans les brefs séjours sur la Côte, où il avait néanmoins un logement et un bureau pour les séjours plus prolongés. Le « rapport » avait alors lieu par téléphone, ou encore le petit homme, qui avait horreur de l'avion, était obligé de le prendre pour un entretien de quelques minutes.

Je ne prétends pas qu'au cours des années passées à cette école j'aie démonté le mécanisme des grandes affaires, ni que j'aie découvert la façon exacte dont sont gouvernés les hommes. J'ai pu néanmoins démêler ce qui compte vraiment de ce qui n'a qu'une importance secondaire, ce qui constitue la réalité et ce qui n'est que façade.

Par exemple, Mme D. possédait des filatures, des magasins, une affaire de confection, un journal, qui sont, si je puis dire, des choses concrètes, des entreprises fournissant chacune un produit déterminé, occupant des milliers de gens, ouvriers, employés, chefs de services, ingénieurs et directeurs, vendeurs, rédacteurs, que sais-je, pour qui l'objet fabriqué constituait l'objectif principal.

Au niveau de Mme D., cette réalité matérielle n'existait presque plus, n'était que comme une conséquence ou un accident, et ce qui est vrai pour elle l'est aussi, je m'en suis aperçu, pour la plupart des gens dans son cas.

Un achat de coton en Égypte, ou à la Bourse de Saint-Louis, ne signifiait pas nécessairement un besoin de coton pour les usines de Mulhouse, mais une opération souvent commandée par des questions de change, de contingentement, de réemploi de disponibilités, et certaines fois le coton n'arrivait jamais en France, devenait à son tour monnaie d'échange sur le marché international, aboutissait à Tokyo ou à Manchester.

Des succursales en constant déficit n'existaient que pour figurer aux bilans ; des affaires distinctes fusionnaient afin de donner naissance à de nouvelles filiales et parfois on ignorait jusqu'au dernier moment si celles-ci s'occuperaient de laine, de vêtements ou de papier.

Chaque campagne du journal avait un objectif déterminé, comme la plupart des cocktails et des dîners auxquels j'étais chargé d'inviter des hommes politiques.

Je vivais dans l'ombre des quinze ou vingt personnes les plus importantes en France, beaucoup plus importantes que la plupart des ministres et des présidents du Conseil, et le public la prenait pour une femme qui ne pensait qu'à ses chevaux, à ses toilettes, à ses bijoux et à ses réceptions.

Le public, d'ailleurs, avait raison en un sens. Mme D. était cela aussi. Par-dessus le marché, c'était une femme qui avait peur de mourir, peur de vieillir, peur des rides et de la fatigue.

Dès le second matin, quand, après son massage, Flora lui a apporté, sans qu'elle le commande, un whisky sur un plateau, quand je l'ai vue verser un rien d'eau gazeuse et boire d'un trait, j'ai compris, et elle a compris que je comprenais. Elle en était au coup de fouet toutes les deux ou trois heures, au verre qu'on avale, à la sauvette s'il le faut, derrière une porte, parce qu'on doit tenir coûte que coûte.

Je l'ai rarement vue ivre et, quand c'est arrivé, j'ai ressenti, pour elle, une immense pitié et un respect attendri.

Je l'ai vue aussi, surtout dans les hôtels, donner rendez-vous à un homme, d'un battement de paupières, et cela pouvait être un garçon ou un liftier. Cela aussi, elle savait que je le savais. Il y avait toujours, après, un mauvais moment à passer et elle évitait mon regard.

Nous avons fait, réunis par hasard, un assez long bout de chemin ensemble, puisque c'est la guerre, la seconde guerre mondiale, qui nous a séparés.

J'ai vu d'un angle différent de celui du grand public les événements de cette époque, le 6 février, par exemple, et surtout la descente sur les Boulevards, les jours suivants, d'une foule insoupçonnée et effrayante surgie des bas-quartiers.

Nous avons eu à table des ministres, ce jour-là, rue de la Faisanderie, et j'ai entendu discuter en leur temps de l'affaire Stavisky, des escroqueries de Mme Hanau, de l'arrestation du banquier Oustric.

Les journaux criaient au scandale, y compris celui de Mme D., mais, dans ses salons, on en parlait comme d'affaires malheureuses ou comme de maladresses.

J'avais vu, au Fouquet's, j'y voyais encore le cinéma prendre place parmi les grandes affaires internationales et je sentais une autre activité, celle de la publicité, gagner à son tour en importance.

Chacun a tendance à croire qu'il a assisté ainsi à une naissance, et il est évident que la publicité existait avant mon époque. Je revois, quand j'étais enfant, dans les journaux, l'homme au coup de marteau sur la tête des Pilules Pink et, sur les murs, le diable vert crachant du feu de l'ouate thermogène. Les réclames pour les salamandres faisaient partie du paysage du métro quand je suis arrivé à Paris et il y avait des réclames lumineuses autour de la place de l'Opéra, des affiches bariolées sur les palissades.

Pourtant, le public n'en était pas conscient, ni la plupart des industriels ou des commerçants. Les financiers eux-mêmes avaient tendance à se méfier et ce n'est que peu à peu que la grande publicité est entrée dans les mœurs.

Mme D., par exemple, s'est mise de moitié dans une affaire de produits pharmaceutiques basée uniquement sur la publicité à la radio. Le produit n'avait qu'une importance secondaire. Il s'agissait d'un nom qui, répété tant de fois par jour sur les ondes, faisait vendre automatiquement tant de flacons. On a hésité entre un savon et une pâte dentifrice et, si on a choisi un produit pharmaceutique, c'est parce que les autres marchés étaient encombrés.

Je ne parle pas de ma vie privée, car je n'en ai presque pas eu pendant ces années-là, vivant au rythme de Mme D. et de son entourage, tantôt à Paris, tantôt à Antibes, à Londres, à Saint-Moritz, en croisière à bord de quelque yacht ou, pour quelques jours, dans la paix lourde et presque insupportable du château de la Gironde.

Les jours, les mois, les années se sont succédé sans qu'il m'en reste rien, sans un souvenir personnel. Si j'ai beaucoup appris, cela se résume à quelques phrases, à quelques vérités premières que j'aurais sans doute trouvées dans un livre et qui, une fois exprimées, ne semblent plus authentiques.

Lorsque la guerre a éclaté, je suis parti pour l'Angleterre, où on m'a envoyé dans un camp d'entraînement, et, en écrivant à mon père, j'ai appris que mon frère Wilbur était officier de marine. Je suis allé plusieurs fois en permission à Tattenham Corner. Si la maison n'avait guère changé, mon père était maintenant presque chauve et avait de mauvaises dents.

Mme D. n'a pas attendu l'invasion pour passer en Espagne et, de là, aux États-Unis. Il en est peu, de son milieu, qui soient restés, et j'en ai retrouvé à Londres ; d'autres s'étaient fixés au Portugal ou en Suisse. Tous n'étaient pas israélites et l'exil n'était pas non plus, pour la plupart, une question de patriotisme. On dirait – je sais que j'exagère – qu'un mot d'ordre a circulé parmi les initiés, un sauve-qui-peut général, et presque tous ont suivi la même route, passant par les mêmes étapes, se trouvant enfin aux mêmes endroits.

Jusqu'en 1939, Mme D. avait à peu près conservé sa forme physique et sa ligne et je ne constatais aucun vieillissement. Sans l'avoir revue, j'ai entendu parler d'elle. Reçue à bras ouverts à New York par des amis qu'elle avait là-bas comme elle en avait dans le monde entier, plus ou moins considérée comme une victime de la guerre et comme une représentante de la France douloureuse, elle a voulu, m'a-t-on dit, – et d'autres ont agi de même en Angleterre, – prendre son rôle au sérieux, organiser des comités, donner des conférences à travers le pays.

Elle était incapable de vivre dans l'inaction, dans l'immobilité et le silence, incapable aussi de ne pas être dans la coulisse et de ne pas tirer les ficelles. Mais ils étaient nombreux, là-bas, à se disputer l'attention du public américain et à vouloir jouer un rôle à Washington.

J'ignore si elle a été imprudente, maladroite ou brouillonne, selon le mot qui m'a été répété. Toujours est-il que, de certaines sphères dirigeantes, lui est parvenu le conseil de se mettre moins en vue ; des portes se sont fermées devant elle, le vide s'est fait insensiblement, des gens qui, en temps normal, n'auraient été que ses employés ou des collaborateurs de son journal, ont pris la place qu'elle brûlait d'occuper.

Une dépression nerveuse lui a valu un séjour dans une clinique et, ensuite, à cause de troubles glandulaires, elle s'est mise à grossir exagérément, au point de marcher avec une canne, dans son appartement de Park Avenue, et on prétend qu'il lui arrivait d'en menacer son entourage.

Presque tout de suite après la libération de Paris, alors que les ascenseurs de New York étaient en grève, elle s'est obstinée à descendre l'escalier et a fait une chute, s'est brisé la hanche et a été transportée dans une clinique.

Tous les Français exilés aux États-Unis rentraient en France, ou attendaient leur tour de rentrer, quand elle est morte, la moitié du corps plâtrée, d'une crise d'urémie. Ce n'est que plusieurs mois plus tard qu'on a ramené son cercueil en Gironde et elle est enterrée près du château de sa famille. Son frère y vit encore. J'ai croisé un jour M. Landois dans la rue. Il paraissait pressé et nous nous sommes contentés de nous saluer au passage.

2

Je devrais être plus prudent, car je sais dans quel esprit chacune de mes phrases sera épluchée par certaines gens et je connais la signification qu'on tentera de leur donner. Si j'étais un homme avisé, si je ne satisfaisais pas un besoin, non seulement je n'achèverais pas ce récit, mais je brûlerais les pages déjà écrites, car de nouveaux développements viennent de se produire et je me demande si on me laissera aller jusqu'au bout.

Je ne parlerai pas de la guerre que j'ai faite car, si elle m'a appris quelque chose, c'est dans un domaine auquel je préfère ne pas penser. Je n'aime pas la peur, ni le spectacle de la souffrance et de la mort. Je déteste davantage encore la frénésie collective qui s'empare des hommes en certaines occasions et à laquelle j'ai participé bon gré mal gré.

Enfin, pour moi, contrairement à ce que d'aucuns, qui ont peut-être raison pour eux, prétendent, la vie de soldat n'est pas une école de camaraderie mais, au contraire, une école de solitude.

Que je dise seulement l'essentiel, qui figure à mon livret militaire. Pour des raisons mystérieuses, plus probablement par le jeu du hasard, j'ai été désigné comme infirmier, à bord d'un navire hôpital d'abord, puis à bord de convoyeurs.

Je n'ai aucune action d'éclat à mon actif et, si j'ai reçu quelques décorations, c'est que la distribution en était automatique.

Deux fois, j'ai eu mon bateau coulé à la suite de tor-pillages et, les deux fois, j'ai été recueilli sain et sauf, sans une égratignure, par d'autres unités de l'escorte.

Mon frère Wilbur, lui, qui participait passionnément à la guerre et qui l'a terminée comme lieutenant de vais-seau, a été blessé, à peu près dans les mêmes conditions et dans les mêmes parages que notre père l'avait été à la guerre précédente.

Faut-il le dire ? J'ai commis une des rares actions dont j'aie honte. Une fois que nous venions de subir une alerte de deux jours et de deux nuits, au milieu de l'Atlantique, avec des sous-marins ennemis autour de nous et un grand transport de troupes qui flambait au centre du convoi, j'ai violé méchamment une infirmière de vingt-quatre ans qui, dans cet enfer, était restée aussi calme, aussi nette, aussi efficace que dans un hôpital de la campagne anglaise.

Est-ce de cela que je lui en voulais ? Étais-je humilié de mon désarroi, de toutes les peurs que je venais de vivre ? Ou bien n'était-ce qu'une façon indirecte de me venger de la guerre, de venger ceux que j'avais vus râler et mourir ?

Je n'en sais rien. Je refuse de le savoir. Si elle avait porté plainte, on m'aurait traîné devant le conseil de guerre et j'avais décidé que je me tirerais une balle dans la tête.

Pendant plusieurs jours, je l'ai observée, ignorant ce qu'elle avait décidé, et cent fois, pour des raisons de service, elle est passée à côté de moi, m'a même adressé la parole comme si de rien n'était.

Mon père a été opéré à l'estomac. Quant à Wilbur, il est rentré à la Cunard, comme premier officier à bord d'un des deux *Queen* et, plus tard, il n'y a pas si longtemps, je devais faire le voyage de New York à son bord. Il m'a paru terni, grisâtre, lointain ou renfermé, ou encore un peu éteint, comme s'il gardait, lui, la nos-talgie des temps héroïques.

Marié, père de plusieurs enfants dont j'ignore le nom, il possède une petite maison dans la banlieue de Southampton. Ma sœur, mariée aussi, vit en Italie, je ne sais pas où.

Jean-Claude, le fils aîné de ma tante Clémence et de Pajon, le secrétaire du syndicat, a été tué au cours d'un bombardement de l'usine où il travaillait, en Allemagne, comme prisonnier de guerre. Les prisonniers n'étant pas obligés de travailler, Pajon, d'après ma tante Louise, a un peu arrangé la vérité et son fils est devenu, à Cherbourg, une sorte de héros.

Les Lange, à Caen, ont eu leur maison rasée, ce qui a créé de nouvelles difficultés avec ma mère. Il n'y a pas longtemps qu'ils ont enfin une maison neuve comme la plus grande partie de la ville.

Lorsque je suis rentré à Paris, j'avais trente-sept ans et je me sentais beaucoup plus vieux. J'ai retrouvé le Fouquet's inchangé. Cependant, les clients n'étaient pas tous les mêmes ; de nouveaux groupes, de nouvelles équipes se formaient, comme au gouvernement, où des inconnus avaient surgi.

J'ai dû me mettre au courant et Jules, toujours à son poste, m'y a aidé, m'énumérant ceux qui étaient à Drancy ou qui attendaient de passer devant une cour de justice, ceux qui avaient été fusillés, soit par les Allemands, soit par les Français, ceux qui étaient passés en Espagne et enfin ceux qui n'étaient pas encore rentrés d'exil. Quelques-uns, qui ne se sentaient pas trop rassurés, attendaient en province ou chez eux le moment propice et je les ai vus réapparaître timidement au cours des mois et des années suivants.

Comment j'ai franchi la ligne pour la troisième fois, et cette fois, enfin, seul, légitimement, par mes propres moyens, est une histoire qui me paraît simple et qui n'a demandé de ma part aucun trait de génie.

Alors que la guerre battait son plein, j'avais vu, en

Angleterre, des produits américains inconnus envahir le marché, en même temps que certains besoins, certaines habitudes s'imposaient à la population. Trois fois, j'avais fait escale dans des ports des États-Unis et, à une de ces occasions, j'avais passé près de deux semaines à New York.

N'était-il pas aisé de prévoir que, derrière les troupes qui débarquaient en Europe, on verrait les hommes d'affaires et les voyageurs de commerce débarquer à leur tour ?

Même sans eux, la France avait des besoins qu'il faudrait satisfaire. Des affaires se montaient dans le désordre, encore incertaines, d'où il sortirait de nouvelles firmes qui prendraient la place de firmes célèbres, mais périmées.

Près de Mme D., j'avais vu, avant la guerre, la publicité envahir la vie quotidienne et devenir une puissance. N'allait-elle pas connaître son plein épanouissement au moment où on allait imposer de nouveaux noms, de nouvelles marchandises, voire de nouveaux besoins et de nouvelles habitudes à la foule ?

Je savais où j'aurais pu obtenir de l'argent, car je connaissais ceux qui, à Paris, sont à l'affût d'investissements de ce genre. Je savais aussi que, si je m'adressais à eux, je ne serais toute ma vie qu'un employé supérieur et que, si l'affaire prenait l'importance que je prévoyais, ils n'hésiteraient pas à m'en exclure graduellement. M. Landois, par exemple, était un artiste dans ce genre de travail.

C'est à tante Louise, enfin veuve, que j'ai emprunté la somme nécessaire pour louer des bureaux aux Champs-Élysées, dans un building abritant déjà deux sociétés de cinéma. J'avais de quoi payer le personnel pendant trois mois, le papier à lettres et l'abonnement au téléphone.

Ma réussite tient à ce que j'ai été le premier et à ce que je suis allé chercher mes clients où ils étaient, c'est-à-dire au George-V, au Ritz, au Crillon et dans les quelques palaces de Paris où débarquaient les uns après les autres les prospecteurs américains.

Je connaissais leur langage et leurs méthodes. Pendant des mois, je n'ai vécu que dans le bar et le hall des grands hôtels et, pour beaucoup, je devenais une sorte de providence.

On ne parlait pas encore, en France, de « public relations », de ce métier qui consiste à créer, autour d'une affaire ou d'une personnalité, une atmosphère favorable.

L'ex-secrétaire de Mme D. était bien placé pour cette fonction-là. J'apportais un autre atout, à un moment où il s'agissait avant tout, pour deux mondes qui ne se connaissaient pas, d'entrer en contact. Je connaissais les rouages, la plupart des gens en place, ceux-là, justement, qui pouvaient procurer l'autorisation indispensable, débloquer les matières premières ou simplifier des formalités. Je connaissais aussi les journalistes qui travaillent l'opinion, de sorte que les Américains, les premiers, prirent l'habitude de s'adresser à moi. Je leur indiquais, par surcroît, les restaurants où l'on pouvait manger et les introduisais dans le milieu des starlettes de cinéma.

Très vite, je suis devenu populaire entre le Maxim's et l'Arc de Triomphe, dans un périmètre où, chaque jour, on voyait se créer de nouveaux bureaux.

Ma vie ressemblait à celle de Mme D., en ce sens que, moi aussi, j'étais sous pression du matin au soir et que, peu après mon réveil, j'avais besoin du coup de fouet d'un verre de scotch.

Je tais, exprès, ma raison sociale, où mon nom ne figure pas, et qu'on peut encore voir en lettres lumineuses aux Champs-Élysées.

Maintenant, les bureaux occupent trois étages, dont un exclusivement réservé au lancement de films. Je suis pour beaucoup dans l'adoption de certains réfrigérateurs, de certaines machines à laver, de la multitude d'ustensiles dont s'encombre une cuisine moderne.

J'ai organisé, avec mon équipe, des campagnes publicitaires dont le public ressentait les effets sans soupçonner les moyens employés. On m'a vu, pour mon compte, en tant que Steve Adams, ou plutôt que Steve, comme on a continué à m'appeler familièrement, à tous les galas, à toutes les manifestations du Tout-Paris et, lors du lancement d'un emprunt, j'appartenais au petit groupe qui, au ministère des Finances, discutait des moyens d'en faire un succès.

J'avais des secrétaires pour dresser un barrage au téléphone et autour de mon bureau et, comme je le faisais jadis, elles me rappelaient mes rendez-vous, il y en avait presque toujours une pour me suivre dans mes allées et venues à travers Paris.

C'est en 1950 que je me suis marié. Je ne sais pas pourquoi. C'est l'époque la plus trouble de ma vie, celle que j'aurais le plus de peine à décrire.

Je montais toujours, plus vite, maintenant, que je l'avais jamais espéré, plus vite que je ne voulais. J'étais pris dans un engrenage qui m'entraînait en avant et que j'étais impuissant à freiner. Mon temps ne m'appartenait plus. Je me souviens de certains froncements de sourcils de Jules, dont les cheveux s'étaient argentés, quand, entre deux rendez-vous, je venais, à n'importe quelle heure, me remonter d'un whisky à son bar. Je disais invariablement :

— En vitesse, Jules !

Il m'arrivait sans doute d'avoir l'air hagard et cette époque me laisse l'impression, non d'un cauchemar dramatique, mais d'un de ces cauchemars, plus déprimants encore, à base de grisaille et de vide.

Mon mariage a été une réaction inconsciente. Il a été autre chose aussi, je m'en rends compte, mais c'est encore un terrain où je préfère ne pas m'aventurer. Qu'on se rappelle Saint-Saturnin, Niort, la rue Saint-Antoine, puis le Quai des Orfèvres, les femmes que je poursuivais au coin des rues et l'infirmière du temps de guerre.

Je vivais à présent entouré des plus jolies filles de Paris, dont je faisais cadeau à mes gros clients de passage comme on offre un cigare ; et je tutoyais les vedettes de la scène et de l'écran.

Or, j'ai choisi une jeune fille de vingt-deux ans, à l'aspect aussi calme, aussi sage, aussi bourgeois que possible, une jeune fille qui n'avait vécu que dans sa famille, à qui on ne connaissait pas la moindre aventure et dont le père était un haut fonctionnaire du ministère des Finances.

C'est au ministère que je l'avais rencontré, le type même, un peu guindé, du grand commis, premier à tous les concours et tenant tête, au besoin, aux ministres successifs.

Parce que j'avais besoin d'une complaisance de sa part, pour un de mes clients, j'ai accepté de déjeuner dans son appartement du quartier de la Tour Eiffel et j'y ai rencontré Laure.

L'atmosphère était calme et digne, d'une dignité froide, mais saine, reposante, par comparaison avec le tumulte où je me débattais.

Je n'accuse pas le père d'avoir organisé ce déjeuner par calcul. Je n'accuse personne.

Je suis retourné avenue de Suffren. Laure est venue déjeuner avec moi un certain nombre de fois au Fouquet's, au Maxim's ou ailleurs et, deux mois plus tard, je l'épousais en grande pompe.

J'occupais, rue François-Ier, un appartement beaucoup trop grand pour un célibataire, et nous y avons vécu un certain temps avant de nous installer à Neuilly.

Ai-je vraiment su, dès notre première nuit, dès notre première journée complète ensemble, que je m'étais trompé ? Était-ce la faute de Laure ou la mienne ?

Je me le suis demandé et je me le demande encore, en toute franchise. J'ai dû avoir tort. Moi qui, toute ma vie, avais été hanté par ce que j'appelais les cases, par les couches sociales, le compartimentage des humains, moi qui n'avais jamais eu que le souci de sauter les frontières une à une afin de n'appartenir à aucun groupe, j'avais choisi, pour me marier, le milieu le plus délimité et le mieux défendu, celui dont les tabous étaient les plus nombreux et les plus stricts.

En poussant la question à fond, je risque des ennuis, car je donne des armes à l'adversaire.

À vrai dire, je pense que ce qui précède est faux, que la personnalité de Laure, celle de son père, l'appartement de l'avenue de Suffren, la mère, l'oncle général et la maison de campagne de Sancerre n'ont été que des accessoires qui ont peut-être précipité les choses, mais qui n'ont pas été la cause première.

Avant, pendant et après la guerre, j'ai eu un certain nombre de liaisons et j'ai connu des partenaires fort différentes. Une fois déjà, à l'époque Champs-Élysées, j'avais eu la tentation – pendant trois ou quatre jours seulement – d'épouser une figurante de cinéma au visage résigné qui est devenue depuis une grande vedette.

À y réfléchir, il s'est produit, avec Laure, le même phénomène qu'avec les autres. Comment dire ? Le geste accompli, je sentais qu'aucun contact ne s'était établi, qu'il restait face à face deux êtres étrangers qui n'avaient plus de raison d'être nus, dans un lit, côte à côte.

L'explication, incomplète, ne me satisfait pas. Peut-être, après tout, suis-je resté le petit garçon, assis sur un seuil, qui regardait vivre son grand-père, sa grand-mère et sa tante Louise, et qui en revenait toujours au tonneau d'eau et aux lapins grignotant dans leur cabane ?

Le docteur Lacombe m'a questionné longuement sur ce point et je savais où il voulait en venir quand il me faisait raconter mes souvenirs d'enfance.

Pendant trois ans, j'ai vécu comme tous les hommes mariés et je me suis réjoui d'avoir un enfant, jusqu'à ce qu'un spécialiste découvre que Laure ne pourrait aller jusqu'au bout de sa grossesse et ne serait jamais mère.

Je ne sais que dire, sinon que nous étions étrangers, qu'en tout cas, moi, j'étais étranger, car, pour sa part, ma femme semblait considérer notre vie commune comme naturelle.

J'ai passé trois ans dans le bocal. Je me comprends. Je pense au bocal à poissons rouges. Je ne voulais plus boire. J'y parvenais, au prix d'un manque total d'énergie, de ressort, voire d'intérêt pour la vie.

Je me voyais aller et venir, toujours « en vitesse », gesticuler, parler, et tout était irréel. La nourriture n'avait aucun goût, les gens, les choses n'avaient pas d'odeur, les sons n'éveillaient rien en moi.

Quand je passais, maintenant, au volant d'une grosse voiture américaine, dans la rue Saint-Antoine ou dans d'autres rues que j'avais connues, c'était comme si j'y recherchais une piste et comme si, en la retrouvant, je retrouverais des saveurs oubliées. Ou comme si, montant de case en case, m'éloignant de plus en plus des nécessités élémentaires, de la faim et de la soif, d'un monde où chacun est soumis à des lois immuables, je m'étais égaré à mon insu dans un univers abstrait où il n'y avait plus que des signes.

Je pense l'avoir déjà senti du temps de Mme D. Avant elle, déjà, il m'est arrivé d'être saisi d'une panique soudaine sans cause apparente.

Je me demande si ce n'est pas à ces moments-là que, pour me rassurer, pour prendre contact avec le réel, avec l'humain, il me fallait une femme coûte que coûte ?

N'est-ce pas aussi ce qui m'est arrivé, à bord, avec l'infirmière ?

On dirait que j'espérais chaque fois qu'un geste, le plus élémentaire, justement, allait suffire à recréer ce contact.

J'ai cependant de réels griefs vis-à-vis de Laure, de ceux qu'on articule lors des actions en divorce. Je ne les formulerai pas. Ils n'ont pas d'importance. C'est peut-être moi, après tout, qui, comme certains commencent à le prétendre, ai créé dans mon esprit une confusion maladive avec le personnage de ma mère.

Dieu sait si Laure est différente, par ses origines, par son éducation, par son genre de vie.

Quand je suis parti, en 1953, personne ne s'y attendait, et pourtant j'avais mis des semaines à préparer ma retraite, patiemment, méticuleusement, moi qui ne suis pas méticuleux de nature, en mettant au point les moindres détails.

Si l'idée de suicide m'est venue, je ne l'ai pas envisagée sérieusement, ni celle de me plonger dans l'anonymat des quais et des halles.

À force de réfléchir, de me tâter, j'ai trouvé un compromis entre la rue Saint-Antoine et la maison de Saint-Saturnin, entre la boulangerie de Caen, où je n'ai pourtant fait que passer, et ma randonnée en Amilcar.

Laure a fini par découvrir l'endroit où je me suis réfugié, mais elle a eu soin de ne pas venir me voir elle-même, et c'est par l'intermédiaire d'hommes de loi qu'elle me poursuit depuis plusieurs années.

Cela ne rappelle-t-il pas ma mère ?

J'ai cherché une case qui ne soit pas trop définie, qui me permette une certaine vie sans m'obliger à m'y mêler, m'en laissant toutefois les odeurs et les bruits familiers.

Ma rue, dans le vieux quartier d'Hyères, non loin de Toulon, n'a pas deux mètres de large et, en pente raide, est interdite aux voitures. J'ai un boucher à ma droite, un marchand de vannerie à gauche. Les paniers débordent du trottoir et des rideaux de bambou pendent, à cause des mouches, devant les portes et les fenêtres.

Sur ma vitrine, il est écrit : *Antiquités*. La boutique est sombre, éclairée seulement par des reflets du dehors sur le bois poli des vieux meubles.

Les voisins, qui me considèrent comme un original, pensent que j'ai des revenus, car les clients sont assez rares. Je fais mon ménage moi-même, mon marché sans avoir à quitter la rue, et je prépare mes repas sur du charbon de bois.

Tout cela est voulu, je le sais, trop voulu, comme le lustre de ma vitrine, fait d'un ancien rouet. Je ne suis pas un vrai antiquaire, je n'appartiens pas à la vieille ville, ni à la région, de sorte que quelquefois je me considère comme un imposteur, ou comme un voleur.

Ainsi que je le faisais avec les femmes, adolescent, dans le métro, je vole un peu de leur vie aux gens du quartier, je l'absorbe à leur insu, et il m'arrive, derrière le rideau de bambou de la porte, d'écouter ce qui se dit dans les maisons, les pas, les moindres bruits, et jusqu'à la respiration des dormeurs.

Ce n'est qu'un pis-aller, un arrangement précaire qui durera ce qu'il durera. Chacun est bien obligé, à un moment donné, de chercher un équilibre approximatif.

Ma femme me poursuit. Elle n'a pas demandé le divorce, qu'elle obtiendrait sans peine pour désertion.

Je lui ai joué un mauvais tour, je l'avoue, et je n'ai pas eu le courage de m'en empêcher. C'est un vieux compte à régler. Avec ma mère, prétend le docteur Lacombe. Si on y tient, je ne fais aucune difficulté pour l'admettre.

Je n'ai pourtant pas dépossédé Laure, comme elle et son père l'affirment. D'ailleurs, non seulement elle ne m'a apporté aucune dot, mais j'ai payé personnellement les frais de la noce et jusqu'à la robe de mariée.

Néanmoins, si elle reste, en nom, propriétaire de mon affaire, dans laquelle je n'ai gardé, pour moi, aucun intérêt, et d'où je n'ai retiré que juste assez d'argent pour m'installer à Hyères, un gros paquet d'actions est déposé chez un notaire qui n'a pas le droit d'en révéler le possesseur.

Ce n'est pas moi. J'ai tenu à ce que ce soit ma tante Louise, qui a signé tous les papiers que je désirais.

Peu importe ce qu'il en adviendra un jour, et sans doute sont-ce les enfants de Pajon, ceux de tante Béatrice, à Caen, et de mon oncle Lucien, que je n'ai jamais revus, qui en hériteront.

Ces dernières années, on a tenté d'user de toutes les ressources de la loi pour que Laure entre en possession de ce qu'elle considère comme son bien. On n'a pas encore réussi. On essaie, depuis peu, une nouvelle tactique, et c'est pourquoi je suis allé consulter, non seulement le docteur Lacombe, mais un neurologue de Marseille et un autre de Nice.

Comprend-on à présent pourquoi il était dangereux pour moi d'aborder certains sujets, d'écrire certaines phrases, certains mots, qui sont considérés comme des « signes » ?

Ma femme, mon beau-père et un certain nombre de personnes gagnées à leur cause ont entrepris de me faire déclarer irresponsable, ce qui leur assurerait le contrôle de la part de mes biens dont ils se considèrent comme frustrés.

C'est Niort, en somme, qui recommence.

Noland (Vaud), le 27 février 1958.

Composition réalisée par Chesteroc Ltd.

Achevé d'imprimer en janvier 2008 par
LIBERDUPLEX
Sant Llorenç d'Hortons (08791)
1ʳᵉ publication LGF : janvier 2008
N° d'éditeur : 96862
LIBRAIRIE GÉNÉRALE FRANÇAISE – 31, RUE DE FLEURUS – 75278 PARIS CEDEX (

31/4320/